D1996860

F.U. Ricardo

Upstairs - Downstairs

FSC
www.fsc.org
MIX
Papier aus verantwortungsvollen Quellen
Paper from responsible sources
FSC® C105338

F. U. Ricardo

Upstairs - Downstairs

Ricardo, F.U.
Upstairs - Downstairs
– 1. Aufl. – 2012
Herstellung und Verlag:
Books on Demand GmbH, Norderstedt (www.bod.de)
ISBN: 978-3-8482-1155-5

Vorwort

Viele Menschen verharren ein Leben lang in der Bedeutungslosigkeit, ohne sich dessen richtig bewusst zu werden. Andere stürmen die Treppe des Erfolgs hoch bis zum geht-nicht-mehr, bleiben einige Zeit oben, und steigen dann schneller wieder ab, als zu vor der Aufstieg war. Dafür kann es unzählige Gründe und Umstände geben.

Bei Ehepaaren ist es oft so, dass Erfolg in gewissem Sinn blind macht und sich die Seelen innerlich voneinander lösen. Gewohnheit und Langeweile sind grosse, wenn nicht gar die grössten Feinde der Liebe!

Die grosse Frage bleibt: Gibt es nach dem schmerzlichen Abstieg in einem anderen Dasein wieder eine Aufstiegsmöglichkeit? Diese Frage muss sich jeder selbst beantworten, denn sie ist vor allem eine Sache des Glaubens, nicht des Verstandes!

Aber weiss wirklich jeder, was er eigentlich glaubt? Denn glauben muss jeder Mensch, ebenso der sogenannte „Ungläubige“. Denn auch seine Theorie ist nicht bewiesen!

1

Reinhard und Eveline Munzinger, wohnhaft an der Bergstrasse in Zürich in einem Millionenobjekt, waren zu ihrer aktiven Zeit lange Jahre in jeder Hinsicht ein erfolgreiches Paar. Leider blieben ihnen Kinder versagt, was sie aber vor lauter Einsatz im Beruf oder in ihrer Berufung nicht besonders betrübte. Sicher, Kinder zu haben, bereichert das Leben und beschwert einem viel Freude. Manchmal aber auch noch mehr Sorgen. Weiterzuleben in den Kindern, also im „eigenen Fleisch und Blut", ist gewiss wundervoll. Aber ist das alles, was man sich erhofft, wenn mal das „ich" aufhört zu existieren? Fragen, die niemand zufriedenstellend beantworten kann und darum immer offen bleiben.

Nun folgte also für sie schon der sogenannte dritte Lebensabschnitt, das Rentnerdasein. Beide waren dafür voller Ideen und Pläne. Dies ist wichtig, denn sonst könnte man die ersten Monate wie verlängerte Ferien geniessen, um dann aber unter Umständen in eine Depression zu fallen, schleichend und langsam, weil man nicht mehr gebraucht würde und die Welt sich immer mehr verengte. Aber endlich hatte man mehr Zeit, diese Ideen, Wünsche und Hobbys nach und nach zu verwirklichen! „Jetzt erfüllt sich bei uns ein bekanntes Wort sogenannter vielfach wenig oder nichts besitzender Naturmenschen, die oft sagen: ‚Ihr habt eine Uhr, aber wir haben die Zeit'!", philosophierten Reinhard und Eveline recht glücklich, und doch eine Spur unsicher.

Sie waren recht vermögend geworden, denn Reinhard war viele Jahre als erfolgreicher Chirurg in einer Privatklinik tätig und wurde auch jetzt noch oft, besonders in schwierigen Fällen, als geistig jung gebliebener Rentner hinzugezogen. Als agil wirkender Fünfundsechzigjähriger merkte er aber doch, dass seine Hände und vor allem die Fingerspitzen nicht mehr zu allen Eingriffen taugten. Er war ehrlich genug, schwierige Operationen nicht mehr selbst durchzuführen, sondern seinen Kollegen mit Rat beizustehen. Er wollte nicht einen sogenannten Kunstfehler vertuschen müssen und damit seiner Karriere, wenigstens in Fachkreisen, ein abruptes und bitteres Ende aufsetzen.

Eveline war wesentlich jünger und immer noch eine blendend aussehende, attraktive Frau Mitte Vierzig. Wie das oft der Fall ist bei den Halbgöttern in Weiss, beteten den gut aussehenden Reinhard viele Ärztinnen und Pflegefachfrauen, früher einfach Schwestern genannt, an. Darunter auch die verführerische Eveline, eine Anästhesistin, zu der Reinhard eines Tages sagte:

„Eveline, die Patienten schläferst du ein, damit sie nichts mehr fühlen beim Eingriff. Mich hingegen erregst du, und ich fühle bei deinem Anblick eine Menge!"

„Wirklich! Ich? Sogar auch bei dir, grosser Chirurg!"

Der Altersunterschied von zwanzig Jahren spielte damals überhaupt keine Rolle, denn Reinhard war so voller Leben und ein wirklich umschwärmter Junggeselle, dass manche Frau in diesem Nobelspital versuchte, in sein Bett zu kommen, was er bislang tunlichst vermieden hatte.

„Nur als Chirurg oder ein wenig auch als Mann?", fragte er mit seinem bezwingenden Lächeln Eveline vor über zwanzig Jahren in Ascona im Tessin, anlässlich einiger Urlaubstage.

„Als Mann, selbstverständlich! Obschon du auch als Chirurg ein Künstler bist!"

„Leider in der Liebe weniger! Ich habe mich so in meine berufliche Laufbahn vergraben, dass ich vergass, ein Mann zu sein! Zum Glück, denn ich glaube, das Schicksal hat mit uns zweien gewartet, bis wir uns kennen lernten!“

„Das Schicksal ist aber schon etwas träge gewesen, denn wir kennen uns nun schon seit einiger Zeit!“

„Träge war vermutlich eher ich! Oder war es eine gewisse Scheu, dich mal anzusprechen?“

„Man kann auch viel ohne Worte sagen! Aber endlich hat Amors Pfeil auch dich getroffen!“

Kurz darauf wurden die beiden ein glückliches Paar, von vielen beglückwünscht und zugleich auch vermutlich von noch mehr Leuten beneidet!

Sie arbeiteten beide weiter in ihrem Krankenhaus und verdienten nicht schlecht, oder besser gesagt sehr gut, unverschämt gut. Darum war auch der Kauf der Drei-Millionen-Wohnung unterhalb des noblen Zürichbergs für sie kein Problem. Bei ihrer Bank, selbstverständlich am Hauptsitz an der Bahnhofstrasse, mussten sie nicht im Parterre anstehen, sondern waren im ersten Stock bei jedem Gespräch immer zu ihrem persönlichen Sachbearbeiter geladen.

„Eines Tages möchte ich noch in den zweiten Stock unserer Bank geladen werden und dann in die Teppichetage ganz oben!“, meinte Reinhard.

„Ist das ein Spass oder dein Ernst?“

„Mein heiliger Ernst, und zwar nur dir zuliebe!“

„Ist doch interessant, wie alles am Geld gemessen wird! Nicht am Können und Wissen, nicht an der Ethik, nein, an den finanziellen Verhältnissen. Und dies ist nahezu auf der ganzen Welt so!“, konstatierte Eveline.

„Eigentlich traurig, aber wahr! Die sogenannten Naturvölker sterben aus! Und wer einmal Blut geleckt hat, der verlangt immer mehr und merkt gar nicht, dass er damit eigentlich zusätzlich auch mehr Sorgen besitzt, vieles oder alles zu verlieren!“

„Mein Grossvater sagte immer, und er hat uns damit manchmal ziemlich genervt: ‚Wo Geld ist, ist der Teufel! Aber wo kein Geld ist, sind deren zwei‘!“

„Ja, traurig für die vielen, die heute noch jeden Pfennig umdrehen müssen. Ich kenne das noch von zu Hause her!“, erklärte Reinhard nachdenklich. „Wir leben nun mal hier in der westlichen Welt, und da gelten einfach andere Vorstellungen als im Busch oder in der Wüste. Aber meine allzu früh verstorbenen Eltern wären gewiss doch stolz auf uns. Schade auch, dass ich keine Geschwister habe, sondern Einzelkind blieb!“

„Und jetzt kommt bei mir die berühmte Frage, die schon in Goethes Faust zu lesen ist: ‚Wie hast du es mit der Religion'?", ergänzte Eveline, übrigens auch ein Einzelkind, deren Eltern ebenfalls schon verstorben waren.

„Da denke ich an den bekannten Theologen Gerd Lüdemann, der ganz langsam, aber stetig abrückte vom christlichen Weltbild, denn er schrieb in einem imaginären Brief an Jesus unter anderem: ‚Vom Humbug der Auferstehung, weshalb religiös Schluss ist mit uns beiden!' Soweit möchte ich nicht gehen, denn ich bin in einer frommen Familie aufgewachsen, und gewisse Predigtteile in unserer Kirche gehen mir manchmal heute noch nach!"

„Erzähle!"

„Ein andermal, denn das wäre sehr ausführlich und weitreichend!"

„Ja, ich weiss, wie immer ein andermal! Später, denn jetzt haben wir keine Zeit! Hoffen wir, dass es dieses ‚Später' wirklich mal geben wird, denn auf diesem Gebiet habe ich einen ganzen Fragenkatalog!", resignierte Eveline.

„Das fühle und merke ich. Und ich bin leider auf diesem Gebiet auch nicht mehr so sattelfest wie in meiner Jugend, denn zuviel hat man gesehen und erlebt. Du könntest mich bei gewissen Fragen aus dem Gleichgewicht bringen!“

„Und das gibt dir, dem erfolgreichen Arzt und Halbgott, dein Ehrgeiz nicht zu?“

„Nenn es, wie du willst! Aber wir wollen die Zeit finden, mehr über solche Dinge zu reden und nachzudenken, lieber bald, als wenn es zu spät ist!“

2

Nun war es später, viele Jahre später! Das goldene Pensionsalter war für den Chirurgen gekommen, und die Frau Doktor kündigte ebenfalls, denn beide hatten noch viele Pläne, nicht nur Golfspielen und für Freunde endlich Zeit finden. Die Welt sehen, noch einmal, aber ganz anders als bisher, privat und viel intensiver.

Dabei schwirrten in ihren Köpfen viele Namen herum wie Kapstadt, San Francisco, Grönland, die Mongolei, und dann natürlich auch Bangkok, Singapur, Tokio, Hongkong und dergleichen mehr. Ja sogar die kleine, aber so vielfältige Schweiz kannten sie eigentlich noch viel zu wenig! Dabei zeigt das Land eine Fülle von Kulturen auf engstem Raum, wie dies anderswo kaum möglich ist. Man fährt hundert Kilometer oder weniger und ist schon in einer ganz anderen Sprachregion und Lebensauffassung.

„Wir sind jetzt auf der Treppe ganz oben und wollen diese Stellung so lange wie möglich halten!“, beschwor Reinhard seine Eveline. Aber der graumelierte Herr Chirurg wirkte plötzlich nicht mehr so taufrisch. Auch verlor er Etliches an Gewicht, was einerseits ja gut, aber anderseits für ihn etwas alarmierend war. Hingegen strotzte seine zwanzig Jahre jüngere Frau geradezu vor Lebenslust und Unternehmungsgeist.

Auf Grund der weltweiten Finanz- und Wirtschaftskrise beschlossen sie, ihr Vermögen nahezu ganz in Liegenschaften und Gold anzulegen. „Nur weg von Aktien und Obligationen! Wir haben etwa zwei Millionen anders anzulegen. Komm, auf geht's zu unserer Bank“, erklärte Reinhard.

Eveline war einverstanden, aber sie kümmerte sich bisher eigentlich wenig bis gar nicht um diese Dinge. Geld war immer da, und sie gab dieses aus, zu was sie immer Lust hatte. Zum Fenster hinaus warf sie dieses nicht, aber lebte in dieser Hinsicht ziemlich unbekümmert. „Wir sollten auch diese Dinge mal besser regeln und darüber sprechen, nicht nur über Religion und den Sinn des Lebens!“, dachte sie. „Gut, ich habe mein eigenes Konto. Aber alle Wertanlagen lauten auf meinen Mann. Ich glaube, das ist nicht ideal und nicht klug!“

„Herr und Frau Doktor, für den Kauf dieses von Ihnen vorgeschlagenen Sechsmillionen-Projekts bin ich nicht mehr zuständig. Da müssen oder dürfen Sie eine Treppe höher zu einem unserer Vizedirektoren. Darf ich Sie anmelden?", erklärte ihr langjähriger Berater der Bank.

„Offensichtlich sind wir noch nicht ganz oben auf der Treppe!", meinte Reinhard lachend. „Aber wir hoffen, dass auch Sie, unser guter Mann hier, und zwar über Jahre, auch noch aufsteigen und wir Sie eines Tages da oben im Olymp wiedersehen!"

„Das wäre schön für mich und offenbar auch für Sie!", meinte der Mann, ganz ehrlich etwas traurig gestimmt.

„Sie bringen also zweieinhalb Millionen als Eigenkapital, Frau und Herr Doktor", stellte der Vizedirektor überaus freundlich fest. „Also ist die Restkapitalisierung durch unser Haus kein Problem, zumal bei den heutigen Hypothekarsätzen in der Schweiz alles auch für Sie keine zu grosse Belastung darstellt. Wollen wir einen Abschluss auf drei oder fünf Jahre fest machen für, sagen wir, 1,9 Prozent Zins?"

„Die Mietzinseinnahmen in diesem Objekt übersteigen damit ja bei weitem die Hypothekars-Belastung. Ja, ich weiss, es fallen kleinere oder grössere Reparaturen an, auch der Erneuerungsfonds, Steuern und sonstige Abgaben. Aber das Geschäft ist gemacht für drei Jahre fest!“

„Dann biete ich Ihnen einen Zinssatz für 1,7 Prozent an! Darf ich Ihnen noch ein Glas Champagner zum Geschäftsabschluss offerieren oder darf es was anderes sein?“

„Nein, Champagner ist angemessen. Danke schön!“

„Ich danke Ihnen, im Namen unseres Hauses!“

Die ganzen Verhandlungen und Gepflogenheiten waren hier, eine Etage höher, etwas vornehmer und steifer. Und die Freundlichkeit, so fühlten Eveline und Reinhard, war etwas gespielt und formell.

3

Auf einer der nächsten Überseereisen nach Fernost stellte Eveline plötzlich in Hongkong mit Schrecken fest, dass ihr Mann einsilbig und etwas unsicher auf den Beinen wurde. Auch erhielt seine sonst schöne braune Gesichtshaut einen unschönen Grauton, bis sie ihn fragte: „Reinhard, dir ist gar nicht gut?“

„Eigentlich nicht! Ich glaube, ich muss zu Hause zu einem meiner Kollegen zu einem Generalcheck, obschon du weißt, dass dies gerade für Ärzte etwas Fürchterliches ist. Welcher Zahnarzt geht schon gerne zu einem seiner Kollegen?“

„Komm, lass uns sofort aufbrechen! Es hat doch keinen Sinn, wenn du dich quälst! Oder sollen wir hier in ein Hospital?“

„Nein, um Himmels willen nicht! Ich überlebe den Heimflug ganz sicher. Du weißt ja, wie wir Ärzte einander trauen, und dies, obschon die chinesische Medizin uns lange Zeit weit voraus war oder auf gewissen Gebieten noch immer ist. Buche bitte den nächstmöglichen Flug nach Zürich, und lass uns hier von dieser aufregenden Stadt noch würdig Abschied nehmen!"

Aus einem würdigen Abschied wurde nichts, sondern noch äusserst besorgte und unruhige Stunden, die nur sehr zäh dahintropften wie bei einer gefährlichen Infusion, bei der pro fünf Sekunden ein Tropfen fliesst. Sie flogen endlich ziemlich schweigsam und bedrückt nach Zürich zurück. Reinhard bat einen Professor seines Spitals um eine Audienz, die ihm sofort gewährt wurde.

„Zuerst nehmen wir dein Blut, Kollege, denn dort lesen wir ja bekanntlich vieles heraus!" meinte der Professor. Der Bericht liess auch gar nicht lange auf sich warten und schockierte beide wie ein Keulenschlag: Altersleukämie!

„Aber das kann man heute mit Erfolg behandeln", meinte der Onkologe zu seinem befreundeten Kollegen Reinhard.

„Ja, ich weiss, den Tod etwas hinauszögern, verbunden mit scheusslichen Nebenwirkungen!"

„Nein, Reinhard! Viel mehr! Das ist nicht dein Fachgebiet. Und du hast keine Ahnung, was hier neuerdings alles möglich ist!"

„Trotzdem, es gilt der alte Spruch der Gladiatoren in der römischen Arena: ‚Es grüssen euch die Todgeweihten'!"

„Das sind wir alle, früher oder später!"

„Nur die einen viel früher!"

Es folgte also eine umfangreiche und, nebenbei bemerkt, auch sündhaft teure Chemo-Therapie. Reinhard verlor nicht nur einen Teil seines schönen Haars, sondern auch weiter an Gewicht, denn die Nahrungsaufnahme fiel ihm schwer. Die Mundhöhle war entzündet und schmerzte scheusslich. Auch das ständige Anstechen und die stundenlangen Infusionen schadeten seinen Venen, so dass die Einpflanzung eines sogenannten Ports nötig wurde, was aber weiter nicht schlimm, sondern für ihn fast eine Erleichterung war, denn damit nahm die ewige Stecherei in seine Armbeuge oder seine Handrücken ein Ende. Die Potenz war vermutlich auch dahin, es war ihm speiübel und schwindelig, und die Massanzüge schlotterten bald an seinem Körper. Die Stimmung sank auf den Nullpunkt.

„Macht ihr mich fertig, bevor ich ganz fertig bin?", fragte er müde in seinen Gemütsschwankungen seine Kollegen.

„Du bist demnächst fertig mit der ganzen Rosskur! Und deine Blutwerte bessern sich rapide!“

„Billiger Trost oder Realität?“, fragte er.

„Du kannst die Resultate selbst einsehen!“

Tatsächlich, es besserte sich langsam sein Zustand, mit der Zeit sogar wesentlich. Nur weite Reisen waren noch nicht möglich, denn Reinhard musste anfänglich wöchentlich, später vierzehntäglich und dann noch monatlich zur Blutkontrolle. Die Werte blieben aber stabil, und er gewann sogar wieder etwas Freude am Essen, wenn auch nur in kleinsten Portionen.

Reinhard entdeckte in seiner plötzlichen Einsamkeit und Abgeschiedenheit ein neues Betätigungsfeld, nämlich schreiben. „Was bleibt denn, wenn man nur noch in vier Wänden herumhockt? Ich muss mich betätigen und ablenken!“, verteidigte er sein Vorhaben, weil er wusste, dass viele versuchen, sich in Büchern unsterblich zu machen.

Er schrieb manchmal Tag und Nacht an einem Roman. Eine blühende Phantasie hatte er zur Genüge. Zudem erlebte er auch jede Menge Dinge in allen Teilen der Welt, wenn auch nicht so drastisch, wie auf seinen Papier geschrieben stand. „Das ist die künstlerische Freiheit!“, meinte er dazu lachend,

„sonst kauft ja kein Mensch ein langweiliges Geschreibsel!"

Geld stand genügend zur Verfügung für Werbekampagnen und Lesungen, zunächst in Zürich, später auch in München, Frankfurt und sogar Hamburg. So stach er bald aus der Masse der Schreiberlinge heraus, und sein erstes Buch verkaufte sich gar nicht so schlecht.

Natürlich nicht wie Erzeugnisse von Dan Brown, dem nachgesagt wird, dass er an einem seiner sicher interessanten, aber auch nicht der Wahrheit entsprechenden neuen Bestseller noch schrieb, als allein im englischen Sprachraum schon drei Millionen Bestellungen verzeichnet wurden.

„Der Kerl hatte also noch nicht einmal zu Ende geschrieben und schon eine Grössenordnung von zehn oder fünfzehn Millionen Dollar im Sack! Dann die Übersetzungen in andere Sprachen, die Filme, die vielen TV-Sender, nachher die unzähligen DVD's, Mensch, der wurde mit einem einzigen Buch steinreich", meinte Reinhard bewundernd. Oder sogar etwas neidisch? Aber auch er erntete von seinem ersten Werk schon über vierzigtausend Euro Autorenhonorar, und dies in relativ kurzer Zeit

„Eveline, wir können bald wieder zur Bank und ein neues Immobilien-Objekt kaufen. Der Goldpreis steigt in diesen Monaten auch wie verrückt, und wenn wir unsere Barren verscherbeln, können wir ein weiteres Prestigeobjekt in Zürich erwerben!", lachte er seit langen wieder einmal.

„Ja", meinte sie, ziemlich gelangweilt.

„Keine Freude?"

„Doch, natürlich!", tönte es, jedoch reichlich uninteressiert. Ihr Leben hatte sich ja auch stark verändert. Alles war so klein, so eng und so ruhig geworden. Nirgends wurde man mehr gefordert! Auch die Zuneigung, ja sogar die Liebe nahm ab! Und das erschreckte sie nicht mal mehr sonderlich. Hatte sich eine gewisse Unzufriedenheit oder gar Depression auch bei ihr eingeschlichen?

„Ist das ein Wunder bei diesem langweiligen Leben?", versuchte sie sich selbst zu rechtfertigen oder zu trösten! „Ich muss etwas unternehmen, sonst fällt mir wirklich die Decke auf den Kopf! Aber was? Nun, Augen offen halten und im rechten Moment zupacken! Ich bin ja erst Mitte der Vierzig, also auch noch mitten im Leben. Komisch, dass man das erst so richtig merkt beim Älterwerden!"

4

Reinhard schrieb wirklich nicht schlecht und arbeitete schon wie besessen an seinem zweiten Roman. Der Blutkrebs schien tatsächlich besiegt, fragte sich einfach, für wie lange. Er hatte auch einen starken Willen, diese Krankheit zu vergessen. Wenn nur die ewigen Spitalbesuche und Blutkontrollen endlich zu Ende gingen. „Soll ich meinen Kollegen sagen, dass ich nicht mehr mitmache mit dem ganzen Firlefanz? Nun, ich warte noch ein wenig. Aber dieser Zeitpunkt kommt gewiss!“, sagte er zu sich selbst.

Bei ihrer Bank trafen sie doch tatsächlich auf ihren „alten“ Sachbearbeiter, der inzwischen zum Vizedirektor befördert worden war, ihnen aber bedeutete, dass sie ab sofort Kunden in der sogenannten Teppichetage würden. „Also verliere ich Sie wieder einmal mehr! Aber Sie bleiben wenigstens unserem Haus erhalten!“

Sie wurden nun persönlich vom CEO des Unternehmens begrüsst mit den Worten: „Herzlich willkommen zuoberst in unserer Bank, Sie als berühmter

Chirurg und ebenso bekannter neuer Schriftsteller, und Sie Madame, als reizende Gattin an der Seite Ihres Mannes! Sie sehen wieder fabelhaft aus!“

Das ‚wieder’ war reine Heuchelei, denn der CEO hatte Eveline kaum zuvor je gesehen. Aber welcher Frau tut ein solches Kompliment nicht gut, zumal sie von ihrem Mann schon lange keines mehr erhalten hatte, geschweige denn Zärtlichkeit, ein Geschenk oder Blumen.

„Also, wir wollen die meisten unserer Anlagen in Goldbarren verkaufen und legen noch einen Batzen dazu. Mir schwebt vor, einen Wohnblock in Zürich zu kaufen, der so zwischen drei bis sechs Millionen kostet. Wie viel davon übernimmt ihre Bank?“

„Nun, ihre finanziellen Möglichkeiten sind ja derart gut, dass ihrerseits eine Deckung von vierzig Prozent genügen würde!“, meinte der CEO freundlich und blickte Eveline dreimal länger mit etwas lüsternen Augen an als den zuvor doch so „berühmten“ Arzt und Schriftsteller.

„Ich hoffe dies sehr! Gut, ich war nicht gerade gesund in letzter Zeit und bin nun auch Rentner. Aber meine Frau steht noch in der Blüte des Lebens. Sie müsste vermutlich nicht vierzig Prozent Eigenkapital aufbringen!“, erklärte Reinhard etwas aufgebracht, was ihm einen tadelnden Blick von Eveline einbrachte.

„Wollen Sie denn Ihre Frau Gemahlin als Eigentümerin einsetzen? Dann hätten wir gewiss noch weitere Optionen offen!“

„Wir werden sehen. Sie hören von uns!“, erklärte Reinhard und verabschiedete sich ziemlich plötzlich und frostig vom CEO.

„Du warst ein richtiges Ekel, weißt du das?“, erklärte Eveline ihrem Mann auf dem Heimweg.

„Und der CEO ist ein Scheisskerl. Der weiss doch, wie viel wir in seiner Bank an Vermögen und Guthaben besitzen und soll uns nicht so von oben herab behandeln!“

„Er weiss aber auch, wie viele Millionen Hypothekenschulden wir haben. Und wenn die Zinsen plötzlich steigen, was dann?“

„Das ist ja das erste Mal, dass du dich für diese Geschäfte interessierst!“

„Berührt dich das unangenehm?“

„Was sind denn das für blöde Fragen? Nein, im Gegenteil! Aber diesen Herrn Generaldirektor lassen wir noch etwas zappeln!“

„Wie du willst!“

„Ja, das will ich!“

5

Reinhard erhielt von seiner Bank aus deren Olymp bald den Bericht, dass dreissig Prozent Eigenkapital in ihrem auch Fall genügen würde. Der Vertrag wurde aber per Post hin und hergeschickt und unterzeichnet, denn Reinhard weigerte sich zum ersten Mal, persönlich in der Bank zu erscheinen.

Er schrieb indessen sein zweites Buch fertig, und das „lief" schon viel besser als das erste, das aber immer noch einen ganz schönen weiteren Gewinn einbrachte.

„Ich habe wirklich Glück", schwärmte er an einem Sonnentag auf der sehr schönen Terrasse seiner Wohnung, von der aus man einen wirklich bezaubernden Blick auf die Stadt und sogar einen Teil des Sees geniessen konnte, während sich seine Frau, wie üblich in letzter Zeit, fürchterlich langweilte.

„Ich möchte mal wieder aus unserem schönen Scheisskaff weg, wenigstens für ein paar Tage", knurrte

Eveline. „Immer nur die gleichen Häuser und Hügel bewundern, wird mit der Zeit langweilig!"

„Und das ausgerechnet in deinem so geliebten Zürich? Warum ist denn das plötzlich ein Scheisskaff? Wohin zieht es dich denn? Du weißt, dass ich im Moment noch nicht längere Zeit weg sein darf!"

„Weil mit der Zeit alles so eng und klein wird! Lässt du mich, auch wenn es das erste Mal ist, für wenigstens eine Woche allein nach Capri reisen? Kommst du in dieser Zeit zurecht? Unsere Zugehfrau steht dir ja jederzeit zur Verfügung!"

„Geh nur und vergnüge dich. Ich komme schon durch diese Woche. Mittagessen werde ich auswärts in unseren Lieblingsrestaurants. Am Morgen und Abend, das weißt du ja, brauche ich nur ein Yoghurt!", erwiderte Reinhard, innerlich aber aufs Höchste erstaunt und sehr beunruhigt über seine Frau.

Er wäre gewiss noch erstaunter, nein, wütend gewesen, wenn er gewusst hätte, dass auch der CEO der Bank, natürlich ohne seine Frau, ebenfalls Urlaub in Capri gebucht hatte! Die zwei hatten sich zuvor einige Mal heimlich in der Stadt getroffen und eine gemeinsame Woche in diesem sogenannten Paradies geplant. Bei beiden stand offenbar der Verstand still und spielten die Hormone verrückt, denn Liebe konnte dies doch nicht sein!

Um sich abzulenken, schrieb Reinhard wie ein Besessener weiter an einem Buch. Es war dies schon das Dritte, und seine Fantasie trieb Blüten, aber interessante. „Hat man erst mal einen gewissen Namen, lässt sich sogar Schrott verkaufen“, lächelte er etwas bitter. Dieses Lächeln war aber doch eine kleine Erlösung. Eveline war tatsächlich allein abgereist, versprach aber, jeden Tag anzurufen. Eine Änderung in ihrer jahrelangen Beziehung, die bis vor kurzem noch unvorstellbar gewesen wäre.

Erhard Siedler, der CEO der Bank, und Eveline Munzinger trafen sich auf Capri und liebten sich so leidenschaftlich, wie zwei Verdurstende in der Wüste nach Wasser lechzten! Sie sahen eigentlich nicht viel von dieser Trauminsel, denn sie sassen und lagen meistens zusammen. Eveline erledigte sich der Telefonate mit ihrem Mann kurz und bündig und schwärmte von den wunderschönen Sonnenuntergängen am Meer.

Reinhard orientierte sich im Internet über die Wetterlage in jener Gegend und fand sehr bald heraus, dass dort momentan eine Schlechtwetterlage mit viel Bewölkung und sogar Regen angesagt war.

„Warum belügt mich meine Frau? Das tat sie doch noch nie, oder habe ich nie etwas gemerkt? Hat sie einen Lover gefunden? Soll ich sie überraschen und auch nach Capri reisen? Nein, ich mache mich nicht zum Idioten!“ Diese Fragen stellte er sich immer und immer wieder.

In ihm bohrte eine noch nie so stark empfundene Eifersucht, zumal ihm schmerzhaft klar wurde, dass er für seine Frau auf diesem Gebiet kaum mehr ein Mann sein konnte.

„Der verdammte Krebs, oder die verfluchten Gifte der Chemo-Therapie!“, schrie er in sich hinein.

In seiner Verzweiflung beauftragte er einen Privatdetektiv, denn er sprach gar nicht schlecht Italienisch. Auf Capri gab es seit Jahrhunderten Seitensprünge, darum haben dort auch Privatdetektive immer viel Arbeit und auch unverschämte Preise. Signore Orando Montalto versprach Reinhard, ihm eventuelle Fotos per Mail zuzustellen.

6

Capri ist zwar hoffnungslos überlaufen, und es gibt ebenbürtige oder zumindest ruhigere Orte in Süditalien zuhauf. Schon ein alter römischer Kaiser zog sich auf diese Kalksteininsel zurück. Böse Zungen behaupten, um dort ungestört seinen Lüsten zu frönen und den Intrigen in Rom zu entfliehen.

Warum sollten es ihm später nicht Ungezählte gleichtun? Einfach etwas bescheidener, aber dafür viel moderner? Namen aufzuzählen, wer schon von den Grössen dieser Welt dort war, ist müssig. So ist Capri ein verrufener Juwel!

Genau das machte Reinhard ja so misstrauisch. Misstrauisch? Nein, wirklich fürchterlich eifersüchtig, denn seine immer noch sehr attraktive Frau war ja erst 46 Jahre jung! Und er 67 Jahre alt und impotent.

„Jetzt merkt man, wie dieser Unterschied katastrophal sein kann. Wenn es so ist, dass sich Eveline da unten vergnügt und mich betrügt, werde ich den Kerl umbringen. Meine frühere Armeepistole ist immer noch geladen, und zwar mit Stahlmantelpatronen! Was habe ich noch zu verlieren? Der Krebs kann ja bei mir auch jederzeit wieder ausbrechen!“

Inzwischen erlebten die beiden Turteltauben zwar keine sonnigen, aber wonnigen Tage und Nächte. Sie vereinbarten, sich auch nachher in Zürich zu treffen, wenn es nicht anders ging dann eben in einem Hotel. „Weißt du, Eveline, meine Frau ist ein Eiszapfen und eine eingebildete Göre dazu, wegen meiner Stellung in der Bank! Aber du bist und bleibst ein Traum!“

„Aber Träume dauern nicht lange!“

„Solche schon!“

Eine letzte Liebesnacht, dann erfolgte die gestaffelte Reise nach Hause. Die Frage war nur: „Wo ist man eigentlich zu Hause?“ Diese Frage beantwortete niemand. Entsprechend kühl und abschätzend war der Empfang für die beiden in Zürich. Die Ehepartner gaben sich reserviert und zugeknöpft. Doch, ein kleiner oder grosser Unterschied war schon vorhanden.
Bei Frau Siedler waren solche Situationen schon oft zu verkraften, aber bei Reinhard war dies das erste Mal.

Dieser erhielt von seinem Detektiv diverse Fotos, die zwar nicht eindeutig, aber doch genügend waren, um eine Liebschaft zu dokumentieren. Der Mann konnte ja nicht in die Schlafzimmer des Hotels vordringen. Der Preis für seine Arbeit war einfach horrend, aber diese kam auch aus Capri. Reinhard zahlte und schwieg. In durchwachten Nächten schaute er die Bilder immer wieder auf seinem Laptop an und wurde immer wütender. Schliesslich drückte er die Taste „Löschen". Bekanntlich kann man aber bei Bedarf alles wieder herstellen und sich erneut halb zu Tode ärgern.

Plötzlich flatterte beim Ehepaar Reinhard und Eveline Munzinger von ihrer Bank eine Einladung zu einem Aperitif des CEO, Herr Doktor Erhard Siedler in den Briefkasten, zu dem nur eine ausgewählte Klientel geladen war. Ein berühmter Künstler erklärte dort seine Stilrichtung moderner Malerei und zeigte etliche seiner Exponate.

„Schatz, da gehen wir hin! Es eröffnet sich uns vielleicht eine neue Sichtweise moderner Kunst!", meinte Eveline zu ihrem Mann, plötzlich sehr interessiert, wenn nicht gar begeistert.

„Seit wann interessieren dich denn Kuhfladen und Farbkleckse auf Leinwand?", erwiderte Reinhard bissig.

„Eben darum, dass wir von dieser primitiven Ansicht los kommen!“

„Keine anderen Gründe?“

„Welche denn?“

„Nun, zum Beispiel der Generaldirektor der Bank selbst?“

„Bist du verrückt?“

„Nein, nur absolut realistisch!“

Sehr unsicher geworden meinte Eveline: „Banause, mach was du willst! Ich gehe auf jeden Fall hin!“

„Und ich komme auf jeden Fall mit!“

„Dann ist ja alles gut!“

„Wir werden sehen!“

7

Der erweiterte Aperitif war glänzend inszeniert in einem Nobelhotel am See, im „Eden au Lac“. Sehen und gesehen werden war hier sicher wichtiger als das Geschmiere eines Künstlers, der gewiss von der Bank gesponsert wurde. Aber gekauft wurden trotzdem einige Helgen zwischen achttausend und fünfzehntausend Franken.

Man wusste ja nie, ob ein solcher Schmierer berühmt und damit seine Bilder sündhaft teuer wurden. Aufhängen musste man diese Dinger ja nicht unbedingt bei sich zu Hause. Man hatte auch noch Wände in den Büros oder irgendwo einem Abstellraum.

Eveline hatte sich schon lange nicht mehr so reizend gekleidet, fand wenigstens Reinhard. Das enganliegende Schwarze betonte ihre Rundungen, die immer noch am rechten Ort waren, und das Décolleté war gewagt.

„Gefalle ich dir nicht mehr, Liebling?“, fragte sie etwas süffisant ihren Mann nach der Begrüssung der illustren Gäste, etwa achtzig in Abendrobe als auch in Jeans gekleideten Personen, und nach dem meist oberflächlichen Betrachten der Geschmiere, pardon, der Kunst an den Wänden.

„Aber doch, in dieser Aufmachung gefällst du gewiss allen!“

„Sei doch nicht immer so ein Brummbär! Komm zum Buffet! Ein Glas Champagner wird dir gut tun!“

„Ein doppelter Whisky wäre mir jetzt lieber!“

„Sicher kriegst du auch das, als Kunde der Teppichetage, obschon du keines der Bilder richtig angesehen, geschweige denn gekauft hast!“

„Ich kenne zu Hause keinen Platz für diese Kleckserei! Lieber würde ich das Geld dafür der Heilsarmee spenden!“

„Oder deiner alten Kirchgemeinde, von der du mir noch immer nichts gesagt hast?“, erwiderte sie spitz. „Du entschuldigst mich für einen Augenblick! Du weißt schon, Nase pudern und so weiter für eine Frau!“, und schon war Eveline weg. Allerdings für einen ziemlich langen Augenblick. Interessanterweise war zur gleichen Zeit auch der Herr Generaldirektor Siedler von der Bildfläche verschwunden.

„Muss sich dieser Hurensohn auch die Nase pudern?“, fragte sich Reinhard, indem er sich einen riesigen Schluck Chivas Regal hinter die Binde schüttete.

Früher vertrug er drei oder fünf solcher Drinks, aber jetzt eben nicht mehr. Er suchte die Frau des CEO auf in dem Gewimmel und meinte: „Freut mich, Sie kennen zu lernen, Madame!“

„Ganz meinerseits! Mit wem habe ich das Vergnügen?“

„Munzinger, Chirurg i. R., und ein mittlerer Kunde der Bank Ihres Gatten.“

„Ich glaube, schon von Ihnen gehört zu haben, Herr Doktor Munzinger. Schreiben Sie nicht auch Bücher?“

„Ich versuche mich neuerdings auf diesem Gebiet!“

„Ah, ich lese ihre Romane mit Vergnügen. Lesen ist eigentlich falsch, ich fresse sie sogar! Entschuldigen Sie den Ausdruck, aber Ihre Werke sind unerhört spannend. Schreiben Sie bereits wieder an einem neuen Buch?“

„Ja, ich bin feste dran!"

„Dann darf ich Sie bitten, das neue Werk dann zu signieren und vielleicht, wenn die Zeit mal reicht, dieses bei uns zu Hause vorbeizubringen?"

„Gerne, denn wir wohnen nicht sehr weit auseinander!"

„Grossartig! Trinken wir doch ein Glas Champagner darauf! Ich habe mir Sie immer in meinen Gedanken vorgestellt. Wie sieht der Mann aus, der so schreiben kann? Ich muss sagen, alle meine Vorstellungen sind übertroffen!"

„Schmeichlerin!"

„Nein, die reine Wahrheit! Wo bleibt denn nur mein Mann? Unhöflicher Gastgeber, Donnerwetter noch einmal!"

„Genau so geht es mir mit meiner Frau. Sie pudert sich schon eine halbe Stunde die Nase!"

„Ist das nicht ein bisschen auffällig?"
„Sehr sogar!"

„Wollen wir uns rächen und zusammen einfach abhauen?"

„Glänzende Idee! Aber wann und wie?

„Wann? Sofort! Und wie? Mit meinem Wagen!“

8

„Frau Siedler, ist unser Vorhaben nicht etwas verrückt?“

„Ja, aber genau das macht den Reiz aus. Mein Mann ist zwar ein grosses Tier in der Bankenwelt, dafür aber ist er nie zu Hause. Und wenn mal doch, benimmt er sich wie ein Muffel! Ziemlich unausstehlich! Er kennt nur eines: Geld und nochmals Geld! Nennen Sie mich doch nicht immer Frau Siedler, ich bin für Sie die Monika!“

„Freut mich! Reinhard. Wo fahren wir hin“, meinte er, als sie in Monikas rassigem Mercedes-Sport-Coupé, natürlich in knallrot, davonschossen. „Wie kommt denn Ihr, sorry, wie kommt denn dein Mann nach Hause?“

„Wir sind mit verschiedenen Wagen gekommen. Der da gehört mir. Komm, wir gehen in eine schöne Bar, ganz allein zu zweit. Mir graut immer vor diesen Anlässen mit dem hohlen Geschwätz. Der ganze Geldadel, die Alt- und die Neureichen, das wichtige

Getue, die Lügereien und die schmierigen Gesichter! Pfui Teufel!“

„Aber ich muss meine Frau nach Hause bringen!“

„Ist schon erledigt. Ich habe dem Pförtner gesagt, dir sei nicht so gut, und sie soll sich nachher ein Taxi nehmen. Mein Alter wird sie gewiss mit Vergnügen nach Hause bringen. Und wir rächen uns nach unserer Weise!“

„Das ist originell, gewiss. Aber dass der Fall gleich klar ist, ich hatte eine starke Chemo-Therapie und bin dadurch zu gewissen Dingen leider untauglich geworden!“ Reinhard ärgerte sich masslos, als er merkte, wie er bei diesen Worten etwas stotterte und vermutlich auch errötete.

„Mein Lieber, es muss nicht immer gleich Sex sein. Und selbst auf jenem Gebiet und der ganzen Erotik sind noch manche Möglichkeiten vorhanden, von denen viele keine Ahnung haben. Komm, lass uns den gemeinsamen Abend unbeschwert weiter geniessen!“

Sie zog Reinhard in einen Nightclub in der City, in dem nebst Brüstchen- und Po-Show sündhaft teure Getränke angeboten wurden. Das Publikum war erstaunlicherweise vielfach aus älteren Jahrgängen zusammengesetzt. Reinhard meinte zögerlich:

„Weißt du, wann ich das letzte Mal in einem solchen Etablissement war? In meiner Studentenzeit!“ Dann lachte er ziemlich laut hinaus.

„Wenigstes hast du deinen Doktortitel ehrlich verdient! Mein Göttergatte schmückt sich mit einem Ehrendoktortitel, den er von irgendeiner Universität in Asien vermutlich für gutes Geld erworben hat! Lachhaft, nicht?“

Es gab sogar sogenannte Chambre Separée, in die man sich zurückziehen konnte, wenn man sich gegenseitig mit dem Partner etwas näher „beschäftigen“ wollte. Überall war etwas muffiger roter Plüsch und ein sehr diskreter Service von Getränken aller Art sowie Canapés in einer Vielfalt wurden dargereicht, dass einem das Wasser im Mund zusammenlaufen konnte. Zu dieser nachmitternächtlichen Stunde meldeten sich sogar wieder Hungergefühle, auch aus dem Magen und vom Gaumen.

Es kam, wie es kommen musste! Monika übernahm die Initiative und Reinhard liess sich zu Zärtlichkeiten verführen, die er, wenn überhaupt schon einmal zuvor, viele Jahre nicht mehr erlebt hatte.

Gegen zwei Uhr morgens war Schluss. Monika setzte Reinhard vor seiner Haustüre ab.
„Wenn du religiös bist, haben wir jetzt ein wenig gesündigt. Aber es war doch wunderschön, oder?“

„Ja, aber wenn es mal eine Fortsetzung geben sollte, dann nicht mehr an einem solchen Ort!“, schlug er vor.

„Nein, sondern bei mir zu Hause, wenn mein Herr Gemahl, der heute mit deiner Frau wohl noch mehr gesündigt hat, auf einem der unzähligen Bankerkongresse weilt, an denen meistens viel Blabla erzählt wird. Du siehst ja auch, dass alles auf diesem Sektor sehr ungesund ist und eine Krise die andere jagt!“

„Allerdings! Darum habe ich meine Kröten praktisch alle in Immobilien angelegt. Nicht in überteuerten Luxusobjekten, aber an schöner Lage und mit gutem Ausbau. Wohnen will und muss man immer, auch in Krisen, und zwar jedermann. Wir können ja nicht wieder Waldmenschen werden!“, lächelte Reinhard.

Mit einem warmen und innigen Kuss verabschiedeten sie sich und gaben sich gegenseitig ihre Handy-Nummern. Sie wussten beide ganz genau, dass dies keine Liebe war, sondern nur eine Liebelei oder einfach eine Abwechslung in ihrem finanziell gut versorgtem, aber unbefriedigendem Leben.

9

Das späte Frühstück am andern Morgen im Hause Munzinger erfolgte wortlos. Höchstens mal begleitet von giftigen Blicken aus verkaterten Gesichtern.

„Mein Krankenhaus hat angerufen und mich gebeten, für eine Anästhesie einzuspringen, keifte nach gewisser Zeit Eveline hervor. „Du kommst ja allein zu zweit sehr gut zurecht!"

„Ebenfalls, geh nur und hilf, wo du helfen kannst. Mir kannst du ja sowieso nicht mehr helfen!"

„Warum? Ist dein Blut wieder nicht in Ordnung? Oder wallt es wie bei einem Jüngling in deinen Lenden?"

„Ob ich wieder an dieser verfluchten Leukämie erkranke, ist dir gewiss gleichgültig! Oder wartest du sogar darauf?"

„Sei nicht so hundsgemein", schrie sie ausser sich und schlug die Türe hinter sich zu.

„So geht es also oft im Leben“, klagte Reinhard leise und resigniert vor sich hin. „Zuerst klettert man aufwärts und aufwärts auf der Erfolgsleiter. Wenn man eine Zeitlang oben ist, muss man feststellen, dass es wieder stufenweise abwärts geht! Upstairs – Downstairs! Und dann kommt der Tod als Erlöser. Aber was dann? Geht es in einem anderen Leben weiter und sogar wieder aufwärts? Man sollte sich viel mehr mit solchen Dingen befassen. In meiner frühesten Jugend tat ich das, auf Grund meiner Erziehung in meinem frommen Elternhaus!
Oder war es doch mehr als nur Erziehung?“

Er setzte sich wieder an seinen Laptop und schrieb Seite um Seite in seinem vierten Buch.
„Action, Überraschung, giftige Dialoge, unerwartete Kehrtwende, Verblüffung, das wollen die Leser, und keine Predigen! Das wird heutzutage nur noch mit Nasenrümpfen gelesen“, konstatierte Reinhard und löschte nach diesen Gedankengängen wieder etliche Zeilen.

„Dabei bohren die ewigen Fragen doch in jedem Innersten: Wer sind wir, woher kommen wir, wohin gehen wir? Aber dies wird sofort wieder verdrängt von tausend Dingen des Alltags!“

Während des Tippens verfestigte sich in Reinhard immer stärker die abstruse Idee: „Ich bringe den CEO der Bank um! Gut, ich könnte auch meine Frau umbringen, aber durch den Tod ihres Lovers wird sie vermutlich mehr getroffen. Mir bleiben, wenn ich Glück habe, noch drei bis fünf Jahre zu leben. Sie können mich nicht ewig mit Gift vollpumpen, um das Krebsleiden zu stoppen. Jenes Gift in meinem Lebenssaft ist stärker. Erwischt die Polizei mich, dann kriege ich bestenfalls mit Unterstützung eines Staranwalts wegen ‚Totschlag im Affekt' sechs oder sieben Jahre. Diese muss ich nicht mehr voll absitzen, denn ich bin vorher tot.

Ich werde im Knast noch so viele Bücher wie möglich schreiben, als Therapie gegen die Einsamkeit. Damit ähnele ich meinem Jugendidol und erfolgreichstem deutschen Schriftsteller Karl May mit seinen 200 Millionen verkauften Büchern. Er wird selbst heute noch geschmäht, verteufelt und geliebt. Und wo holte er die Ideen für seine erfolgreichen Bücher her? Zu einem Teil im Knast! Nur, dass der damals gewiss ziemlich anders aussah als heutzutage!

Meine Armeepistole ist schussbereit. Wenn ich den neuen Band mit persönlicher Widmung ins Haus des CEO bringe für seine Frau, dann lege ich ihn um! Ich muss nur sehr aufpassen, dass in jenem Augenblick Monika nicht zu Hause ist und bei der Widmung des Buches ein anderes Datum angeben!

Mein Gott, so werde ich im Alter und als todkranker Mann noch zum Mörder! Ist es die Eifersucht oder einfach Lust, vor meinem Abgang auf der untersten Stufe der Treppe noch eine besondere Rache und ein Erlebnis zu haben, das sehr wenigen zuteil wird? Aufgeschlitzt habe ich als Chirurg manchen Menschen, aber um zu helfen, nicht um zu töten! Was sind wir Menschen und denkenden Wesen doch für Hyänen oder besser gesagt doch primitive Kreaturen. Es hat sich bei uns eigentlich nicht viel geändert, seit wir von den Bäumen heruntergeklettert waren und eine sogenannte Zivilisation aufbauten. Aber kann dies alles ein Trugschluss sein? Gott, wenn du existierst, gib mir doch eine Antwort!“, schrie alles in seinem Innersten.

Er schrieb weiter wie in Trance, und er hatte das Gefühl, dass dies sein bestes Werk würde!
„Das Leben schreibt die interessantesten Geschichten, und es tun sich Abgründe auf, von denen der Normalsterbliche zuvor keine Ahnung hat!“

10

Die Blutwerte von Reinhard hatten sich tatsächlich wieder verschlechtert, vermutlich auch durch die Aufregungen der letzten Wochen, und sein Freund und Arzt riet ihm, eine erneute Chemo-Therapie zu machen.

„Es ist jetzt ein ganz neues Präparat aus den USA auf dem Markt zugelassen, das keine oder nur wenig Nebenwirkungen zeigt und vermutlich hilft“, meinte dieser.

„Vermutlich! Hoffen kann man ja!“

„Ach Reinhard, du weißt doch selbst am besten, dass die Forschung allein auf diesem Gebiet in letzter Zeit riesige Fortschritte gemacht hat!“

„Nein, weiss ich nicht! Ich lese keine Fachliteratur mehr!“

„Natürlich, dazu hast du ja keine Zeit mehr als berühmter Schriftsteller! Bist du wieder an einem Schmöker?“

„Nein, an einem Klassiker!“, lächelte Reinhard. „Aber ich weiss zur Genüge, dass man diese Art Krankheit mit Gift so ungefähr vier oder fünfmal austreiben kann und dabei vieles anderes kaputt macht, nicht zuletzt auch die Moral. Darum erübrigt sich das Studium von Fachliteratur. So viel Neues und Bahnbrechendes ist in kurzer Zeit gar nicht auf dem Markt ‚geduldet‘, bis das Andere aufgebraucht ist! Die Forschungskosten waren dafür viel zu hoch!“

„Ewiger Pessimist, wie die meisten der Ärzte!“

„Die wissen wohl auch warum!“

„Nenne mir eine Alternative!“

„Altnernativmedizin!“

„Über die wir früher oft gelacht haben?“

„Man lernt nie aus!“

„Reinhard, im Ernst, du glaubst doch nicht an einen solchen Humbug?“

„Der Ertrinkende rettet sich doch schliesslich an einen Strohhalm!“

„Dann bist du wirklich schon weit fortgeschritten mit deiner Verzweiflung!“

Reinhard liess seinen Kollegen natürlich im Ungewissen, an was für eine ‚Alternativmedizin’ er glaubte. Er beschaffte sich nämlich für seine Pistole einen Schalldämpfer und beauftragte gleichzeitig erneut einen Privatdetektiv, Nachforschungen über eventuelle Schäferstündchen seiner Frau anzustellen. Dieser war aber entweder eine Null auf seinem Gebiet, oder er fand bei diesem gerissenen Pärchen einfach nichts Handfestes heraus.

„Bin ich also erst auf dem absteigenden Ast angekommen, und jetzt schliddere ich im Eiltempo total bergab?“, klagte er still vor sich hin.

Er datierte die Widmung in seinem neuen Buch, das er beim CEO der Bank abliefern wollte, eine Woche vor dem Tag, an dem er dieses vorbeibrachte und versicherte sich, dass dessen Frau an diesem Abend nicht in der gemeinsamen Wohnung war.

Reinhard streckte seinen Nebenbuhler mit zwei gezielten Schüssen nieder, einen ins Herz und einen in den Kopf. Er war schon in der Zeit seines Militärdienstes in der Armee als Offizier ein guter Schütze und traf sein Ziel meistens haargenau. Zwei hässliche kleine Plopp liessen den Mann zusammenbrechen, und Reinhard empfand dabei nicht einmal ein Triumphgefühl, sondern schaute nur einen Moment zum Getöteten wie zu einem erlegten Wild. Alles ekelte ihn plötzlich an, nicht zuletzt ekelte er sich vor sich selbst.

„Widerwärtiger Hund, du! Wenn mich die Polizei wirklich überführen kann, so wird es bestenfalls nur ein Indizienprozess werden. So wandere ich für ein paar Jahre in den Knast, und das bedeutet für mich bis zu meinem Lebensende. Aber es ist mir im Augenblick alles so egal, dass auch das mich nicht mehr erschüttern kann!"

Zur offiziellen Tatzeit war er mit einigen Arztkollegen in einem gemütlichen Restaurant ganz in der Nähe des Mordes, allerdings ohne grossen Hunger, dafür aber mit umso grösserem Durst. Allerdings hatte er dort die offiziellen Uhren um etwa eine gute Viertelstunde verstellt.
Schmauchspuren an seinen Händen und Kleidern wurden auch entfernt, indem die Handschuhe verbrannt und die Kleider in die chemische Reinigung gegeben wurden.

11

Die Nachricht vom Mord am CEO der Bank, Siedler, verbreitete sich rasend schnell. Für die Polizei war es ein klares Beziehungsdelikt, für das entweder die Frau des Generaldirektors in Frage kam oder der pensionierte Chirurg und jetzige Schriftsteller, der in seinen Romanen manch einen auf die Seite schaffte. Natürlich kamen da noch eine ganze Reihe früherer und gewiss enttäuschter Frauen hinzu. Aber Frauen töten meistens nicht mit Pistolen, die in der Armee vor dreissig Jahren Verwendung fanden, und können wohl auch nicht so gut mit Schalldämpfern umgehen, ausser sie wären in einem Trainingscamp für Terroristen ausgebildet worden. Frau Siedler diente auch nie in der Armee und war kein Mitglied in einem Sportschützenverein.

Schrillte die Klingel lauter als gewöhnlich in Reinhards Wohnung? Man hätte es annehmen können, aber natürlich waren nur die Nerven strapaziert. „Kriminalpolizei Zürich. Guten Tag Herr Dr. Munzinger. Vorerst nur eine Frage: Besitzen Sie eine Waffe?"

„Guten Tag, die Herren. Ich besass eine Waffe, die ich aber vor längerer Zeit auf nicht ganz legale Weise entsorgt habe! Sie liegt jetzt vermutlich immer noch auf dem Grund des Zürichsees!“

„Warum haben Sie diese weggeworfen?“

„Erstens wegen jahrzehntelangem Nichtgebrauch, und dann, halten Sie mich bitte nicht für verrückt, auch aus dem Gedanken heraus, meine Frau könnte mich eines Tages damit umbringen!“

„Wieso?“

„Das ist aber schon die dritte Frage!“, lächelte Munzinger. „Nun, Sie hat, nein, sie hatte ein Verhältnis zum ermordeten Banker, und sie vermutet, dass ich auch zur Frau des Toten in näherer Beziehung stehe!“

„Dann gestatten Sie uns noch eine weitere Frage: Wie nahe stehen Sie dieser Frau?“

„Nahe, aber nicht so, wie Sie vielleicht meinen. Ich leide nämlich unter Blutkrebs und durchstand eine sehr intensive Chemo-Therapie! Über die Folgen solcher Behandlungen kläre ich Sie gerne auf!“

„Danke, das wär’s dann für den Moment!“

„Nur für den Moment?“

„Wir müssen allen Fragen nachgehen und ermitteln nach allen Seiten! Halten Sie sich bitte zu unserer Verfügung. Auf Wiedersehen!“

Zu seinen Kollegen gewandt meinte der Polizeichef: „Der Zürichsee ist ein gutes Versteck! Was ‚schlummert‘ dort unten nicht alles vor sich hin. Der reinste Altmetallladen! Der See misst an der tiefsten Stelle 136 Meter! Wenn man denkt, dass die Nordsee nur gerade etwa 90 Meter Tiefe aufweist! Hättet ihr das gewusst? Da hat es genügend Platz für alte Autos, Motorräder, Velos, Kühlschränke und zur Not auch Leichen, nicht nur überzählige alte Munition der Schweizer Armee.“

„Nein! Es geht nichts über einen gebildeten Chef!“, lachten die zwei anderen Beamten.

„Banausen!“

„Nein, ehrlich! So ein stilles Wasser gründet bekanntlich tief!“

„Meint ihr damit den See oder mich?“

„Eigentlich beides!“

12

Schliesslich wurde alles nach mühsamen, langwierigen Ermittlungen und nervenden Befragungen nach mehreren Monaten ein reiner Indizienprozess. Man fand Fasern von Reinhard Munzingers Anzug in der Wohnung der Siedlers, den er am Tag des Todes von CEO Siedler getragen haben sollte. Dies nach Aussagen seiner Frau Eveline, die ihn offensichtlich hasste.

„Diesen Anzug trage ich oft! Es ist einer der wenigen, der mir noch sitzt. Ich trug ihn auch, als ich das Buch mit der Widmung im Hause Siedler vorbeibrachte, also etwa eine gute Woche, nein, sogar zehn Tage vor dem Mord!“

„Nein, dann trugst du gar keinen Anzug, sondern eine Kombination!“, meinte seine Frau giftig. Sie zitterte vor Wut beim Gedanken, dass ihr Mann ihren Lover umgebracht hatte. „Auch deine alte Armeepistole sah ich noch vor genau zwei Wochen in deinem Sekretär!“

„Interessant! Wolltest du mich damit umbringen?“

„Einspruch, Euer Ehren!“, wetterte der Staatsanwalt.

„Stattgegeben!“

Stundenland wogte der Prozess hin und her. Auch die Frau des Opfers brauchte stählerne Nerven, um dem Kreuzverhör standzuhalten.

Der Staatsanwalt beendete schliesslich sein Plädoyer mit dem Antrag, Munzinger für schuldig zu erklären des vorsätzlichen Totschlages und ihn in Anbetracht seiner angeschlagenen Gesundheit in eine geschlossene Klinik zu überweisen, um dort die Therapie abzuschliessen. „Anschliessend beantrage ich acht Jahre Gefängnis!“

„Wir sind hier nicht im Theater, sondern vor Gericht!“, eröffnete der Verteidiger sein Plädoyer. „Acht Jahre wegen ein paar Fasern, die von irgendwann her stammen können? Ich plädiere mangels an Beweisen und aufgrund einer auf reinen Indizien beruhenden Anklage auf Freispruch!“

„Das Gericht zieht sich zur Beratung zurück!“

Nach kurzer Zeit erschien das dreiköpfige Richterteam wieder und verkündete: „Im Namen des Volkes ergeht folgendes Urteil: Der Angeklagte Dr.

Munzinger wird aufgrund einiger Indizien für begrenzt schuldig befunden, aber in Anbetracht seines derzeitigen Gesundheitszustandes in eine geschlossene Spitalbehandlung überwiesen. Anschliessend wird er zu zwei Jahren bedingt verurteilt, da eine eindeutige Schuldzuweisung nicht möglich ist! Es handelt sich hier entweder um ein Beziehungsdelikt oder um einen Racheakt eines betrogenen Bankkunden in Bezug auf die vielen grossen Verluste, die das Unternehmen international einfahren musste. Die Gerichtskosten trägt die Staatskasse!"

Frau Eveline Munzinger war fuchsteufelswild, reichte daraufhin die Scheidung ein und zog aus der Stadt weg. Gute Anästhesisten werden überall gebraucht! Ihr Ex-Mann gab ihr noch obendrein eine Million Franken mit für eine neue und gesicherte Zukunft, da alle Vermögenswerte und Barschaften auf seinen Namen lauteten.

„Nobel!", meinte sein Freund in der Onkologie.

„Sie wertete dies anders und nannte mich einen elenden Geizkragen und Mörder!"

„Höre doch nicht auf das Geplärr einer dummen Gans! Oder bist du doch schuld am Tod des CEO? Man hört so manches flüstern!"

„Darum: Höre nicht auf das dumme Geplärr!"

„Übrigens: Deine Blutwerte werden wirklich wieder besser und bleiben hoffentlich stabil!“

„Erfreulich! Doch, ich meine es ehrlich!“

13

Der italienische Stiefel mit allen seinen Inseln besitzt weit über 7'000 Kilometer meist malerische und oft auch verträumte Küsten. Ein landschaftlicher Reichtum und zugleich auch ein Wunschtraum mancher oft verregneter Nordländer Europas, die immer noch vom Klischee leben, dass die Italiener trotz aller Wirren und Widrigkeiten, trotz Korruption und Mafia, eines der glücklichsten Völker Europas sind, wenn Amore, Sole, Mare und Pasta sowie natürlich Vino genügend vorhanden sind.

„Salerno und die schöne, romantische Bucht, das kann doch ein vorläufiges Ziel sein in meinem neuen Lebensabschnitt, für den ich auch einen neuen Namen wähle, nämlich Elvira Monteverdi, und nicht mehr Eveline, geborene Grünberg“, dachte sich die immer noch lebenshungrige ehemalige Frau Eveline Munzinger aus Zürich. Sie besass auch einen entsprechenden Pass, der sie eine schöne Stange Geld gekostet hatte. Aber, was soll's? „Ausserdem ist die weltberühmte Amalfiküste dort ganz in der Nähe.

Nur die Preise für Wohnungen sind auch dort eine Schande!“

So brach Eveline, jetzt also Elvira, ihre Zelte in Zürich total ab. Aber so, wie es sich gehört für einen pingeligen Rechtsstaat wie die Schweiz, mit genauer Angabe ihres neuen Wohnortes und ihrer Anschrift. Ordnung muss sein! Also eine Leichtigkeit für Interessierte, ihren neuen Aufenthalt ausfindig zu machen. Also auch für Monika Siedler, die ihrer Meinung nach noch eine Rechnung offen hatte mit der Ex-Frau ihres neuen Geliebten, den sie übrigens regelmässig in der geschlossenen Klinik besuchte. Auch ‚Geschlossenes' ist nicht immer für alle geschlossen!

„Kennst du Salerno?“, fragte darum Monika Reinhard beim nächsten Krankenbesuch.

„Du meinst eine Stadt in Süditalien?“

„Ja, ganz genau!“

„Nicht im Speziellen! Vielleicht irgendwann mal durchgefahren! Warum?“

„Weil deine Ex jetzt dort wohnt!“

„Wegen mir kann sie auf der Rückseite des Mondes wohnen! Warum fragst du mich?“

„Weil ich im Sinn habe, sie dort unten aufzusuchen und umzubringen! Du hast meine Familienverhältnisse geklärt, und nun kläre ich die deinen!“

„Monika, ich habe gar nichts geklärt, verstanden?“

„Gewiss! Kommst du mit auf eine Reise in den Süden?“

„Ja, aber nur bis Lugano oder Locarno!“

„Das Wetter unterhalb Napoli ist aber viel schöner!“

„Das ist das einzige, was schöner ist. Ausser natürlich die Sonnenuntergänge auf Capri, vor allem bei bewölktem Himmel!“, lachte Reinhard, immer noch sehr verbittert über die kaputte Ehe, die einmal so überglücklich begann und viele Jahre glücklich blieb, wie ihm erschien.

„Siehst du, dein Luder hat Rache verdient!“

„Und du spielst also den Racheengel?“

„Mit dem grössten Vergnügen!“

„Ihr Frauen seid einfach Biester oder besser gesagt Bestien!“

„Nur, wenn man uns reizt! Also, packe bald deinen Koffer und komm mit mir in das Land, wo die Zitronen blüh'n!“

„Jetzt muss sogar noch der alte Goethe herhalten!“

„Warum nicht? Der wurde ja zum Teil sehr deftig, zum Beispiel im ‚Götz von Berlichingen'! Soll ich das auch zitieren?“

„Wenn du willst! Aber ich kenne diesen markigen Spruch! Von wegen: ‚Sagen Sie Ihren Herrn, er soll mich nicht nur am, sondern sogar im am A… lecken'!“

„Ach natürlich, ein bekannter Schriftsteller kennt auch die grossen Klassiker von früher!“, grinste Monika.

14

Monika reiste tatsächlich ab Milano nach Napoli. Reinhard blieb in Lugano zurück und genoss die wohltuende Ruhe mitten in der Unruhe dieses Bankenplatzes, vor allem für reiche Italiener. Dazu musste man einfach etwas abseits von der Via Nassa und dem Zentrum, am Fusse des Monte Bré, wohnen. Die Aussicht ist dort immer wieder atemberaubend.

Ein Tessiner meinte schon vor vielen Jahren: „Nehmen Sie Lugano alles italienische Geld weg, und sie können die ganze Stadt nachher zu einem Schnäppchenpreis von einer Million kaufen!“ Übertrieben, gewiss. Aber ein klein wenig Wahres ist schon dabei. Nur dass viele dieser Italiener inzwischen gewiss Schweizer Bürger sind!

Der Flug mit Alitalia nach Neapel war schon eine kleine oder sogar eine grössere Zumutung für verwöhnte Leute. „Ob der Papst auch mit so einer Scheissmaschine und einer solch unfreundlichen Crew fliegt?“, fragte sich Monika. Nicht einmal das Mineralwasser, hingeknallt in einem Plastikbecher, war erfrischend, sondern lauwarm und abgestanden.

„Für was bezahle ich eigentlich Business-Class? Für die zerfledderte Zeitung ‚Giornale del Popolo’? Oder für den auf die lausigen und fleckigen Sitz, die denen im übrigen Flugzeug gleichen?“ Alles Fragen, die natürlich unbeantwortet blieben.

„Immerhin, das Fahrgestell der Maschine rumpelt raus, da man kann annehmen, wenn nicht gerade der Vesuv ausbricht, dass wir einigermassen normal landen werden!“, murrte sie weiter. „Zum Glück habe ich ein Taxi bestellt, das mich ins Grand Hotel Salerno bringen soll. Diese Stadt liegt ja nur etwa 45 Kilometer weg von hier. Vielleicht klappt wenigstens dies, wer weiss!“

Siehe da, es klappte. Sogar der Fahrpreis war nicht überrissen. Im Hotel angekommen, liess sich Monika nach einem Welcome-Drink gemütlich auf dem Balkon ihrer Juniorsuite nieder und genoss den Panoramablick über den Golf. „Wirklich, ein Land zum Lieben oder zum Hassen! Oder beides? Nach einiger Zeit bin ich hierin klüger oder auch nicht!“

Salerno zählt zwar „nur“ um die 140'000 Einwohner, war aber schon im Mittelalter berühmt für seine Ärzteschule. Vielleicht wollen manche daran anknüpfen, denn es fanden ausgerechnet morgen im Grand Hotel wieder mal ein Ärztekongress und abends ein grosser Ball statt, der mit riesigen Lettern am Bildschirm angekündigt wurde.

„Ob wohl Frau Dr. Monteverdi auch dabei sein wird? Ziemlich sicher, denn sehen und gesehen werden ist auch hier gewiss das A und O!", dachte sich Monika. „Also, Hirn einschalten und Augen auf! Vielleicht kann ich mir damit einen Besuch in ihrer Privatwohnung ersparen! Und vor allem: Mich unkenntlich machen mit grosser Sonnenbrille, Perücke und sehr modischem Hosenanzug, mit gebrochenem Italienisch und einem hochdeutschem Einschlag! Ein hochdeutscher Einschlag ist für manchen Schweizer zwar eine Kunst. Aber die Monteverdi war ja auch Schweizerin und hörte bestimmt Feinheiten nicht zu krass heraus!"

Eveline war richtiggehend aufgeblüht und in Hochform. Die italienische Luft und das südliche Ambiente taten ihr sichtlich gut. Nur ärgerte sich diese Elvira Monteverdi zugleich auch über manches, was sie eben mit Schweizer Augen sah und ihre Krankenhauskolleginnen und Kollegen vermutlich gar nicht mehr so wahrnahmen: Diese ewige Unordnung, um nicht zu sagen Sauerei, und diese krankhafte Unpünktlichkeit. „Gewöhnt man sich mit der Zeit daran?", fragte sie sich oft, und meinte dann „Wohl kaum!"

Als Anästhesistin fand sie bald eine Anstellung im grössten Spital der Stadt. Aber selbst dort fand man in den Ecken und Abstellräumen überall Unsauberkeit und Müll. Sie selbst war Gelegenheitsraucherin und schmauchte ab und zu vergnügt nach getaner Arbeit eine Zigarette. Aber wenn man hinter einer Türe einer Abstellkammer oder im Hof des Krankenhauses überquellende Aschenbecher fand und Dutzende von Stummeln und Kippen am Boden zerstreut zertrampelt und zum Himmel stinkend, so empörte sie sich masslos.

So war es beim näheren Hingucken überall. Schmutz und Abfall in allen Ecken, zerfallende Häuser, deren Wände verschmiert waren mit Graffiti, ein Verkehrsgewühl bis zum Nervenkollaps. Wäscheleinen über die engen Strassen, behängt mit allen möglichen Kleidungsstücken, die durch die Abgaswolken gewiss „duftend" in die Schränke zurückkamen. Aber gesamthaft und mit gewissem Abstand betrachtet, war das Ambiente doch ein Traum! Und die ganze Unbekümmertheit, ohne kleinliches oder kleinkariertes Denken befreite irgendwie. Oder sah sie dies nur nicht?

„Wirklich, man liebt dieses Land oder man hasst es! Oder gar beides!"

Interessanterweise war der Ärzteball im Hotel nicht hermetisch abgegrenzt von den übrigen Gästen und

Räumlichkeiten, sondern wie im Mediterranen typisch lief alles fröhlich plaudernd und trinkend durcheinander. Wer war nun Akademiker und wer nicht? Das spielte doch hier und jetzt keine Rolle. Soll doch jeder und jede Kontakt aufnehmen, mit wem er wollte.

15

„Buonasera, Signora“, flötete Monika mit verstellter Stimme zu der ihr doch zutiefst verhassten Frau Monteverdi in gebrochenem Italienisch.

Diese antwortete nicht gleich, sondern forschte nur mit einer erhobenen Augenbraue in Monikas Gesicht, ohne aber diese zu erkennen oder erkennen zu wollen. „Sind Sie auch Ärztin?“, fragte sie schliesslich eine Spur zu schnippisch.

„Nein, ich komme aus Luzern in der Schweiz und geniesse hier ein paar Tage Urlaub!“

„Dann können wir ja, wenn Sie wollen, in Deutsch miteinander parlieren!“

„Aber gerne!“

„Warum sprechen Sie gerade mich an in diesem Schwarm von Leuten? Es gibt gewiss interessantere Gesprächspartner!“

„Oh, das zu klären, bräuchten wir schon noch ein weiteres Glas zu trinken! Um es aber kurz zu machen: Ich bin zutiefst enttäuscht von Männern!“

„So, Sie also auch?“

„Ja, irgendwie springt halt der Funke über! Ich kam von Frankfurt am Main in die schöne Schweiz!“

„Sie haben aber überhaupt keinen Frankfurter Akzent!“

„Man bemüht sich eben!“

„Habe ich Ihre Stimme nicht doch schon mal irgendwo gehört?“

„Waren Sie denn in Frankfurt oder Luzern?“

„Nein, die kenne ich nicht mal vom Fernsehen!“

„Nun, man sagt, jeder Mensch habe irgendwo einen Doppelgänger! Vielleicht auch wir?“

„Mag sein. Kommen Sie, trinken wir einen guten Schluck. Aber möglichst Champagner, nicht Prosecco!“

„Sie sind aber gewiss auch nicht gebürtige Italienerin?“

„Nein, ich komme ursprünglich aus Zürich, war aber immer ein Fan des Südens!“

„Ja, Zürich ist auch eine sehr schöne Stadt!“

„Warum? Kennen Sie den Ort? Natürlich müssen Sie ja vermutlich über Zürich nach Luzern gekommen sein! Sind Sie hier in Salerno selbst als Ärztin tätig?“

„Seit kurzem als Anästhesistin. Ich kenne mich also aus in Sachen Gift und Schlafmittel“, meinte sie lächelnd. Oder war dies eine versteckte Warnung? Monika trug in ihrer Handtasche tatsächlich eine kleine Ampulle mit seltenem und tödlich wirkendem Gift.

„Wir sind hier übrigens im klassischen Land der Giftmorde, denn schon unter den Medicis war dies ein Problemlöser sondergleichen, bis hinauf zu den Kardinälen und Päpsten!“, fuhr Eveline alias Evita arglos weiter. Arglos?

„Ich bin eine Idiotin“, dachte Monika blitzschnell. „Eine Anästhesistin kennt sich natürlich auf diesem Gebiet bestens aus und analisiert bestimmt sogar Gerüche weniger Tropfen meilenweit. Diesen Plan kann ich gleich fallen lassen. Wenn sie nicht stockbesoffen ist, so wird ein Giftmord unmöglich!“

„Verheiratet? Ich sehe zwar keinen Ring an Ihrem Finger!“

„Sie beobachten scharf! Nein, geschieden! Bitte keine Mitleidsbezeugungen. Unsere Ehe bestand zuvor nur noch auf dem Papier! Mein Ex war auch Arzt, sogar ein guter Chirurg, und ist nun selbst todkrank!“

„Trotzdem, das ist ja irgendwie schrecklich!“

„Ich war immer eine Freundin klarer Verhältnisse. Wir sind zusammen die Erfolgsleiter hinaufgestiegen, oben angekommen, haben uns dann mit der Zeit total auseinandergelebt, und so ging es Stufe um Stufe wieder abwärts! Hier habe ich neu Fuss gefasst und bin bereits wieder die ersten Stufen raufgeklettert!“, erklärte sie, wollte aber dabei nicht recht fröhlich werden.

„Signore, eine Flasche Dom Perignon, prego!”

“Subito, Signora Dottore”, lächelte der wirblige schwarze Lockenkopf. „Nur sollte er sich besser rasieren! Aber ein Dreitagebart ist ja heutzutage grosse Mode!“, stellte Frau Dottore fest.

„Nun, viele Damen reizt wohl das Kitzeln!“, ergänzte Monika.

„So schnell kitzelt es mich beim Anblick eines Mannes nicht mehr!“, erklärte die Anästhesistin etwas spitzbübisch.

„Aber wenn die Hormone verrückt spielen?“

„Da gibt es andere Möglichkeiten. Ah, da kommt unser Zaubertrank, aber nicht aus Gallien und nicht von Miraculix!“

„Nun, er kommt aber doch aus Frankreich. Hat Antonio, oder wie heisst der dienstbereite Geist, zuwenig Eis im Kübel?“

„Nein, es genügt! Zum Wohle, oder wie man hier sagt: Salute!“

16

Das sehr angeregte Gespräch ging weiter und weiter. Ist es nicht auch ein besonderer Lebensstil des Südens, dass man viel weniger nach der Uhr schaut und den Augenblick geniesst? Buonanotte kann ohne weiteres um zehn Uhr abends aber auch morgens um zwei Uhr gesagt werden! Es lebt sich so gewiss viel weniger mit Burn-out-Syndromen!

Das gegenseitige sich Abtasten der Frauen ging weiter und war so unterhaltsam, dass es beiden zu gefallen schien. Von der anfänglichen Feindschaft Monikas zur ehemaligen Eveline Munzinger blieb mit der Zeit nicht mehr viel übrig. Im Gegenteil, die beiden charakterlich wohl sehr unterschiedlichen Frauen freundeten sich offensichtlich sogar an, und daran war wohl nicht etwa nur der ziemliche Alkoholgenuss schuld. Das gegenseitig angetragene Du tat dann das Seine noch dazu!

„So, *Frau Monika Siedler aus Zürich,* genug um den heissen Brei herumredet. Ich erkannte dich trotz Perücke und all den anderen Kleinigkeiten sofort wieder. Eine besondere Eigenart jeder Person ist nämlich der Gang, das Gehen, das oft nicht verfälscht wird oder anders gestaltet werden kann.

Willst du mich, ehemalige Eveline Munzinger, ebenfalls aus Zürich, immer noch umbringen? Genügt es nicht, wenn mein Ex deinen Ex-Mann erschossen hat? Gab er wenigstens dir gegenüber seine Tat zu? Wie mordet denn eine Frau? Meistens durch Gift, denn unsere Handtaschen sind für Revolver oder Pistolen einfach meist zu klein. Und dann der Lärm eines Schusses! Auch einen Schubs ins Wasser liegt da noch drin, und dann sind die Möglichkeiten für uns Frauen schon ziemlich ausgelotet!“

Monika erschrak nun doch einen längeren Augenblick und wurde aschfahl im Gesicht.

„Also, Eveline, lass uns wirklich nicht mehr länger Katz und Maus spielen. Für mich war von Anfang an klar, wer deinen Mann umgebracht hat. Aber mein Ex gab dies auch mir gegenüber nicht zu. Wusstest du denn nicht, dass auch du zu den Hauptverdächtigen zähltest?“

„Und ob! Ich wurde von der Polizei tagelang gelöchert mit Fragen und Fangfragen! Aber sag mal, hast du wirklich Gift dabei? Wollen wir den tödlichen Trank nicht eines Tages gemeinsam schlucken und dem verschissenen Leben ein Ende machen?“

„Bestimmt nicht, denn ich habe das untrügliche Gefühl, dass jetzt für uns eine wunderschöne Freundschaft beginnen könnte!“

„Und was ist mit meinem Ex in Zürich? Immer noch ein Schwarm von dir?“

„Er sitzt zurzeit in Lugano. Von mir aus kann er dort bleiben bis er stirbt oder dann durch seine Romane unsterblich wird!“

„Hast du ihn denn jemals geliebt?“

„Nein, er war nur ein Lückenbüsser für meine innere Leere!“

„Und woher kam diese?“

„Das hat sich mit der Zeit so entwickelt. Nur noch Macht und Geld beherrschten meinen Mann. Ich war für ihn einfach nur noch ein Repräsentationsobjekt in der Gesellschaft. Zu Hause hätte er mich unter Umständen sogar mit dem Müllsack verwechselt. Die Liebe, wenn sie einmal wirklich vorhanden war, wurde dadurch total abgewürgt, auch durch seine ewigen Weibergeschichten! Ach, wir blödsinnig verwöhnten Menschen in unserer verrückten Zeit. Für was Wahre und Schöne hat man keine Augen und keine Zeit mehr!“ - „Bist du finanziell wenigstens abgesichert? Weißt du, verwöhnte Leute können nicht einfach so zurückstecken!“

„Danke, es geht mir nicht schlecht, wenigstens äusserlich! Nur zurückstecken könnte ich schon noch. Ich komme ursprünglich aus bescheidenen Verhältnissen und habe meine Herkunft nie vergessen oder verleugnet!“

„Was empfandest du beim Tod deines Mannes?“

„Von der inneren Leere schlidderte ich in eine totale Leere und Sinnlosigkeit. Diese musste ich irgendwie überbrücken. Weg vom Geld in ein schöngeistiges Gebiet, so dachte und hoffte ich. Aber was ist schon schöngeistig? Ein packender Roman, die neunte Symphonie von Beethoven, eine Kunstgalerie, religiöse Verzückung? Ich fand bis heute noch kaum etwas, was mich innerlich ausfüllen konnte. Ich bin nach wie vor eine Suchende! Hilfst du mir bei dieser Suche?“

„Gerne, denn ich suche auch. Es muss doch alles irgendeinen Sinn haben!“

„Genug getratscht! Gehen wir zu mir nach Hause? Ich wohne mit direktem Blick zum Golf von Salerno und zum Meer!“, schlug nun Eveline vor.

„Ja, vielleicht kommen uns beim Blick über die Weiten des Wassers gute Gedanken!“

17

„Von irgendwoher kommen wir und irgendwohin gehen wir!“, meinte nachdenklich und friedlich geworden Monika zu Eveline im Verlauf des späten Abends und auch des frühen neuen Morgens auf der Terrasse über dem Golf. Die traumhafte Kulisse erschien im fahlen Mondschein unwirklich, fast schon gespenstisch.

„Also doch Religion?“

„Warum nicht? Ich denke schon! Wir sind doch nicht aus dem Urknall oder aus der Ursuppe entstanden, ohne dass in irgendeiner Form eine höhere Macht dahinter steht. Aus nichts ergibt sich nichts. Und aus Zufall oder durch die Evolution die höchste Art von Säugetier geworden zu sein, ist auch gar wenig!“

„Ja, aber welche Art Religion? Buddhismus, Konfuzianismus, Islam, Judentum, Christentum, oder ganz was anderes? Esoterik vielleicht?“

„Fragen über Fragen, gewiss! Eine Antwort vorweg, wieder in Form einer Frage: Waren denn viele unserer Vorfahren nur Dummköpfe, darum, weil sie glaubten? Ich könnte mir eher vorstellen, dass in einer Welt, die Ersatzreligionen sucht und erfindet, mehr Dummköpfe vorhanden sind, obschon mit Religion sehr viel Unheil, nein, sogar Grauenhaftes angerichtet wurde. Man darf das Kind einfach nicht mit dem Bade ausschütten! Die Grundidee einer ‚guten Religiosität' sollte Liebe und Erlösung sein, keinesfalls Schwert und Macht!"

„Also doch Buddhismus?"

„Teile davon, warum nicht. Aber es gibt auch noch weitere Aspekte. Nur darüber sprechen wir morgen, denn mir fallen die Augen zu vor Müdigkeit. Willst du bei mir schlafen? Auf der Couch oder gleich hier auf der Terrasse? Allerdings kann es am frühen Morgen kühl werden, sogar hier im Süden."

„Gerne auf der Couch. Und keine Angst: Ich vergifte dich nicht, eher mich kleine oder grosse Idiotin!"

„Warte damit, bis wir noch einige Tritte der Treppe wieder hinaufgestiegen sind. Aber auf einer anderen Treppe als bisher!"

„Ich bin gespannt und freue mich darauf!"

„Ich auch. Auf ein schönes Weekend zusammen!“

Vor lauter Müdigkeit und Aufregung schliefen aber beide Frauen noch lange nicht ein. Erst als der neue Morgen graute, kam die Schläfrigkeit über sie.

Eine sanfte Brise vom Meer her wiegte sie schliesslich doch noch ins Reich der Träume.

18

„Frühstück ist bereit, aber italienisch. Also Espresso und frische Gipfel sowie, wenn du magst, ein Drei-Minuten-Ei und frisch gepresster Orangensaft. Das ist alles! Kein Swiss-Müsli und all das Zeug!“, rief um zehn Uhr vormittags Eveline.

„Fein! Kaffee ist jetzt das Beste. Und der italienische Espresso oder Ristretto kann sogar Tote auferwecken“, murmelte Monika noch schlaftrunken.

„Es ist gut, hört dich jetzt kein Russe, Chinese oder Engländer. Bei denen beginnt doch der Tag mit einer Tasse Tee! Aber hör mal, Monika: Wollen wir wirklich hier in Salerno bleiben, bis es auch bei uns heisst ‚Erde zu Erde und Staub zu Staub’? Oder wollen wir uns nicht wirklich aus dem Staube machen?“

„Zum Beispiel wohin?“

„Einfach noch ziemlich weiter südlich, wie Cape Town in Südafrika? Alle Zelte abbrechen und auf zu neuen Ufern?“

„Das wäre grossartig!“

„Ja, *das ist sogar grossartig, aber nur für mich!“*, erwiderte Eveline plötzlich wie ausgewechselt und voller Gift und Galle, so dass Monika aus ihrer Schläfrigkeit jäh herausgerissen wurde!

„Ich habe nämlich deine Giftampulle aus deiner Handtasche genommen und in deinen Orangensaft geschüttet“, erklärte diese mit nun eiskalter Miene. „Merkst du wirklich noch nichts? Man wird müder und müder, kriegt dann keine Luft mehr und erstickt schliesslich in relativ kurzer Zeit.

Glaubtest du wirklich, du könntest ungestraft mit meinem Ex-Mann turteln und schlafen und ihn nach seinem Tod ausnehmen wie eine fette Weihnachtsgans? Mit mir nicht, du kleine Hure. Das nasse Grab da drüben in der Bucht wartet schon auf dich! Ende deiner Treppe!“, schrie Eveline jetzt sogar wie in einem hysterischen Anfall!

„Der hypokratischen Eid ist bei dir ausgenommen und nicht anwendbar, denn ich bin die späte Rächerin meines Mannes, den ich wirklich seit einiger Zeit nicht mehr geliebt, sondern nur noch verachtet habe. Aber der verletzte Stolz einer Frau öffnet sich für alle wie das Tor zu einer Hölle, die es gewagt haben, daran zu nagen! Du falsche Schlange! Erst verführst du meinen Mann und dann willst du noch mich umbringen! So etwas Widerwärtiges wie dich gibt es eigentlich sonst nur in Horrorfilmen."

„Ärztin des Teufels, das bist du!", zischte Monika, als sie endlich begriff, dass Eveline alles ernst meinte und sie vermutlich mit ihrem eigenen Gift umbringen wollte.

„Zum Glück hat mein Ex wenigstens deinen Alten umgebracht, nachdem dieser mich in Capri und auch später geliebt hat. Aber um dich herum wird man ja zu einem Monster!" höhnte Eveline weiter, während das Sprechen für Monika immer schwieriger wurde und die Wörter nur noch stockend aus ihrem Rachen kamen.

„Glaube nicht, du hättest endgültig gesiegt. Ich habe schon Vorsorge getroffen, dass du ins Fadenkreuz der Ermittlungen gelangst, wenn mir in Salerno etwas zustösst!"

„Das ist ja fürchterlich! Ich erschrecke mich ernsthaft, aber nicht zu Tode!", lächelte lauernd Eveline und wartete auf die Wirkung der Mixtur, die sich ihrem Anschein nach lange nicht einstellte. „Hat sich diese dumme Kuh wohl in der Dosierung geirrt? Nein! Erste Anzeichen der Lähmung stellen sich endlich ein!"

Fürchterliche Krämpfe schüttelten Monika und Schaum trat vor ihren Mund. Sie polterte schliesslich lärmend zu Boden und japste nach Luft wie ein

Fisch im Trockenen. Unartikulierte Schreie blieben zum grössten Teil im Halse stecken. Nach wenigen Minuten war der Todeskampf zu Ende, dem Eveline zum Teil angeekelt zusah, ehe sie den Leichnam in ein Leinentuch wickelte, das sie am Abend zuvor im Hotel gestohlen hatte. „Dieses Tuch führt dann automatisch ins Grand Hotel Salerno!“

„Alle möglichen Spuren müssen verwischt werden“, murmelte sie. Heute Nacht werfe ich sie über die Hafenmole in die Bucht. Vielleicht haben ja die Fische etwas Hunger! Im Hotel selbst hat uns ausser dem doofen Kellner, der die Flasche Champagner brachte, kaum jemand zusammen gesehen. Das gute Trinkgeld wird jenen ziemlich geilen Ober gewiss zum Schweigen bringen!

Wer kann mir noch gefährlich werden? Vielleicht mein Ex-Mann in Lugano? Nicht, wenn ich demnächst nach Cape Town abreise. Sicherheitshalber habe ich ja seine Adresse aus der Handtasche dieses Weibes! Und eigenartigerweise denke ich in letzter Zeit wieder so oft an ihn! Ist da doch noch ein Funken Zuneigung oder sogar Liebe vorhanden? Oder ist es nur die plötzliche Einsamkeit des Innersten, wenn man zur Mörderin geworden ist?“

Wie immer in äusserst prekären Situationen des Lebens gab niemand eine Antwort! Wer denn auch?

19

Der Kellner aus dem Grand Hotel machte doch Schwierigkeiten, denn er wollte für sein Schweigen mit Eveline ins Bett!

„Ruft ein Mord den anderen, wie bei den Lügen?“, fragte sie sich. „Nicht, wenn man es schlau anstellt. Und was ist hier schlau? Verschwinden, und zwar so schnell wie möglich!“

Durch die zum Teil missliche Wirtschaftslage in vielen Ländern Europas nimmt der Extremismus zu und damit auch die Fremdenfeindlichkeit. „Die nehmen uns nur die wenigen Arbeitsplätze weg, die noch vorhanden sind“, tönt es aus vielen Ecken. Zwar hatte Eveline einen italienischen Pass. Aber sie kam da irgendwo aus dem Norden, und das war für Salerno schon nicht mehr das „richtige“ Italien.

So wurde Ihre Kündigung sehr schnell akzeptiert, obschon im Moment für sie kein Ersatz vorhanden war. „Nun, eine Narkose kann auch ein anderer Arzt verpassen! Wir haben hier ja nicht grosse und komplizierte Eingriffe. Diese schnappen uns gerne die lieben Kollegen von Napoli vor der Nase weg, denn schliesslich geht es überall um das liebe Geld!“

Innerhalb einer Woche sass Eveline im Flugzeug nach Kapstadt, kurz, nachdem die bereits bös entstellte Wasserleiche Monika Siedlers zum Teil doch durch gefrässiges Meergetier und zum Teil auch durch das ölige und fast stinkende Wasser des Hafens sehr entstellt gefunden und identifiziert wurde und der Kellner Antonio im Grand Hotel sich endlich mal etwas wichtig machen konnte.“ Ja, dieses Betttuch ist aus unserem Haus“, schnatterte er und wollte gleich noch Weiteres erzählen, was aber der Polizia im Moment sehr unwichtig erschien.

Hier in Salerno war die Einwohnerkontrolle nicht so pingelig wie in der Schweiz, und niemand wusste oder wollte genau wissen, wohin die Signora Dottore so schnell abgereist und verschwunden war. Auch die möblierte Mietwohnung gab darüber keinerlei Aufschluss. Alle Papiere und persönlichen Hinweise waren weg!

Während die Untersuchungen mehr oder weniger lässig dahinflossen, genoss
Eveline über dem Sudan gerade einen Verteiler, einen doppelten Cognac, und dachte eigentlich keine Sekunde darüber nach, dass sich ein paar tausend Meter unter ihr der Sudan und der Südsudan wegen

Erdöl wieder einmal mehr bekriegten. Man kann nicht immer und überall alles wissen, sonst würde man ja wahnsinnig!

Alle die vielen Toten, wer zählt sie! Gewiss niemand. Aber eine Tote beschäftigte Eveline Tag und Nacht, und sie dachte: „Ich bin doch ein mieses Scheusal!"

Ungefähr zur gleichen Zeit dachte Reinhard in der Wohnung am Monte Bré in Lugano wieder einmal an Monika. „Ob sie in ihrer verrückten Mission in Salerno Erfolg hat und meine Frau wirklich umbringt? Ich werde davon gewiss in kurzer Zeit hören, denn sie ruft mich mit ihrem Handy gewiss endlich mal an! Gott, wenn ich nur Eveline warnen könnte! Aber wie?"

Nur dass das Handy von Monika im Golf von Salerno lag und keinen Pieps mehr von sich gab, wer konnte denn dies wissen? Jedenfalls bekam Reinhard keine Verbindung zu Monika. Er fragte sich zum hundertsten Mal warum.

„Meine Blutwerte sind weiterhin erfreulich stabil! Also schreibe ich weiter an meinem Roman! Vielleicht wird er *das* Meisterwerk?!", versuchte Reinhard sich abzulenken, was ihm aber beim besten Willen nicht gelang.

Was nur so ein paar Millionen Hirne zusammen denken in einer einzigen Nacht, müsste eigentlich die Kapazität eines jeden Computers sprengen. Und wenn nicht, dann aber Vorsicht vor diesen Teufelskästen! Oder wäre es besser, wenn diese überhaupt für uns das Denken übernehmen? Vielleicht schon!

„Ich eine Mörderin, mein Ex-Mann ein Mörder! Weit haben wir es gebracht! Jetzt keine billigen Entschuldigungen in meinen Gedankengängen! Erst als mein Mann an einer früher oder später tödlichen Krankheit litt, offenbarten wir beide unser tiefstes Innerstes und durchbrachen alle gesellschaftlichen Normen. Sind wir doch einfach nur Tiere? Nein, denn diese töten meist nur aus Hunger oder aus Notwehr. Und wir Menschen oft aus ganz niedrigen Trieben. Was sind wir nur für blödsinnige Kreaturen! Ich brauche dringend noch einen Schnaps!“, hetzten die Gedanken durch Evelines Hirn.

Aber die Stimme des Kapitäns quakte dazwischen: „In wenigen Minuten beginnen wir den Anflug auf Cape Town. Danke, dass Sie mit Alitalia geflogen sind. Die Bar ist nun geschlossen. Wir würden uns freuen, Sie bald wieder an Bord einer unserer Maschinen begrüssen zu dürfen … blablabla …!“

„In Kapstadt versuche ich vielleicht, mit meinem Ex doch kurz Kontakt aufzunehmen, denn als Mörder wird man sehr einsam. Vielleicht er ja auch!“, dachte Eveline und landete in einer Stimmung, wie noch nie zuvor in ihrem ganzen Leben, und das ausgerechnet in dieser doch so berühmten und schönen Stadt.

20

Endlich klingelte nach weiteren vielen Tagen Reinhards Handy in Lugano. „Denkt tatsächlich noch jemand an mich?“ brummte er missmutig und meldete sich ganz nach südländischer Manier mit „Pronto!“

„Reinhard, bist du es?“, fragte aus weiter Ferne eine Stimme, die aber so tönte, als sei sie im Nebenzimmer.

„Wer ist denn am Draht?“, fragte er äusserst erschrocken und doch voller Hoffnung.

„Kennst du meine Stimme wirklich nicht mehr?“

„Eveline, mein Gott, du lebst?“

„Soviel ich weiss, gibt es mit der Hölle noch keine Satellitenverbindung!“

„Warum Hölle? Wo bist du? Pass auf, jemand trachtet dir nach dem Leben!“

„Ja, ich weiss. Nun bin ich auch eine Mörderin! Monika schluckte das Gift, das sie mir zugedacht hatte, nicht ganz freiwillig selbst!“

„Kann ich dir irgendwie helfen?“, fragte Reinhard, nun wirklich total verwirrt.

„Ja, vergiss mich einfach endgültig!“

„Das kann ich nicht. Du weißt schon, die vielen gemeinsamen Jahre!“, stammelte er. „Wo bist du jetzt?“

„Gut 10'000 Kilometer weg von dir!“

„Dann lasse mich raten! Buenos Aires, San Francisco, Hong Kong oder Cape Town”?

„Einfach irgendwo!”

„Eveline, komm doch heim! Ob du es glaubst oder nicht: Ich habe oft Sehnsucht nach dir!”

„Wo wäre für mich denn zu Hause?“

„Zürich, in unserer Wohnung! Ich bin zwar jetzt in Lugano, kann dich aber morgen schon am Flughafen in Zürich abholen!“

„Eine Mörderin?“

„Nein, meine Frau!“, schrie er ins Telefon.

„Ich rufe dich später nochmals an!“

„Ja, bitte!“ Dann kam der befürchtete Klicks und die Verbindung war tot.

Der Anruf kam nicht von Evelines Handy, und Reinhard konnte nicht gleich zurückverfolgen, von wo er getätigt wurde, vermutete aber sehr stark, dass er aus Kapstadt stammte. Zu viel verband die beiden mit jener Stadt, nicht nur beruflich gesehen! „Und die 10'000 Kilometer stimmen auch!“

Als er die anrufende Nummer wieder auf dem Handy fand und die Ländervorwahl kontrollierte, stellte er fest, dass sie sich jetzt tatsächlich in Südafrika befinden musste.

Er schrieb die ganze Nacht wie ein Verrückter. Was schrieb er denn? Eigentlich einen Teil ihrer eigenen Geschichte. „Soll ich nach Kapstadt fliegen und sie suchen? Nein, ich warte auf das nächste versprochene Telefongespräch! Vielleicht bin ich nachher etwas klüger! Hat Eveline Monika wirklich umgebracht? Wenn ja, gewiss in Notwehr! Aber wie geht Notwehr mit Gift?“

21

„Soll ich nach Salerno reisen und dort ihre Spur aufnehmen? Nein, das wäre sicher das Dümmste, was ich machen könnte, denn ich würde vermutlich eine ganze Meute auf ihre Fährte locken! Also warten, aber das ist verflucht schwer. Warum denn nur? Liebe ich sie trotzdem immer noch? Und warum berührt mich Monikas Tod so wenig? Sicher, das war keine Liebe, sondern eher eine süsse und zugleich blöde Rache. Wo habe ich nur die vermaledeiten Schlaftabletten, dass mein Hirn mal abstellen kann?“

Fragen über Fragen, und nicht eine einzige schlüssige Antwort, ausser die endlich gefundenen erlösenden Tabletten. Selbst mit denen ist das Hirn aber nicht ganz ausgeschaltet, denn dann beginnen die Albträume.

Eveline verliess nach dem Ferngespräch das Hauptpostamt in Kapstadt in einem Sturm der Gefühle und fragte sich ebenfalls etwa zum hundertsten Mal: „Warum das alles? Liebe ich ihn doch noch? Ich rufe ihn in einer Woche nochmals an!“ Aber aus der Woche wurden nur zwei qualvoll lange Tage und Nächte.

„Mörder unter sich!“, hämmerte Reinhard einen neuen Titel für seinen Roman in den Laptop und malte sich dabei schon in den schönsten Farben aus, wie eine Verständigung, ja gar eine Versöhnung mit Eveline grossartig sein könnte. Als er dann mit den neusten Blutwerten, die weiterhin gut zu sein schienen, aus dem Hospital in Lugano in seine Wohnung zurückkehrte, hielt ihn nichts mehr im Süden der Schweiz. Auch die Ergebnisse der Blutwerte verliessen das Tessin und landeten im Spital in Zürich, wo sie einiges Kopfzerbrechen bei den Ärzten auslösten.

Umgehend reiste Reinhard nach Zürich zurück und kaufte sich dort, extra für die erhoffte Rückkehr seiner Frau, eine kleine, verspielte Katze von einem Bauernhof in der Nähe.
Der Bauer rieb sich die Hände bei den zwei Hunderternoten, die er für das Tier erhalten hatte. „Diese Städter sind doch weltfremde Leute. Ich hätte sonst die Katze ersäufen müssen, denn noch mehr dieser Kreaturen erträgt unser Hof nicht!“

Früher war allein die Vorstellung eines Samtpfoten-mit-Krallen-Geschöpfes in seiner Wohnung für Reinhard ein Horror. Und jetzt empfand er seine Mieze sogar als das kuscheligste Tier auf Gottes

Erdboden, sprach mit ihr stundenlang und schaute dabei fasziniert dem Spiel ihrer Ohren zu, wie sie sich ständig wie höchst interessiert an seiner Rede bewegten.

Endlich, nach Ewigkeiten, schrillte wieder das Handy in Reinhards Zürcher Wohnung. „Eveline, bist du es?“, stöhnte er ins Telefon.

„Was hast du denn? Ist dir nicht gut?“

„Ich warte auf dich, und mit mir ein allerliebstes Kätzchen, das auch noch auf einen Namen wartet, den du ihr geben sollst!“

„Du spinnst jetzt wohl total? Wie hast du diese Tiere gehasst. Sie zerkratzen doch die ganzen Möbel und zerreissen Teppiche und Vorhänge!“

„Macht doch nichts. Das junge Tigerchen ist so süss, dass ich jeden Monat neue Möbel kaufen würde. Auch wenn sie mal nebenaus pisst, macht doch nichts. Wir Männer machen dies ja auch ab und zu! Komm, und gibt diesem Goldschatz einen Namen!“

„Du hast dich wirklich total verändert!“

„Ja, ich glaube sogar wir beide!“

„Gut, ich komme zur Probe am nächsten Dienstagmorgen an!“

„Warum denn erst dann?“

„Weil alle Flugzeuge ausgebucht sind!“

„Dann bist du also doch in Kapstadt. Denn das mit den übervollen Flügen gibt es so extrem nur dort!“

„Denk was du willst. Ich bin einfach in Zürich am Airport um sechs Uhr fünfzehn!“ Ganz leise flüsterte sie noch: „Ich freue mich!“

Reinhard wisperte zurück: „Ich freue mich auch, wie schon lange nicht mehr in meinem Leben!“

Ob sie das noch hörte oder nicht, wusste er nicht, denn die Leitung war schon wieder tot.

22

Eine grosse Maschine um die andere landete auch an diesem Morgen in Zürich und spuckte Hunderte oder Tausende von Reisenden aus. Meist müde und stumpfe Gesichter, von denen selten mal eines aufleuchtete, wenn es den Abholer oder die Abholerin erkannte. Auch Reinhard stand wie ein Jungverliebter bei den Wartenden und zerdrückte vor Aufregung fast seine schönen Orchideen, die er extra gekauft hatte.

„Wann habe ich meiner Frau zum letzten Mal Blumen geschenkt? Meiner Frau? Ist sie ja gar nicht mehr, denn auf dem Papier sind wir geschieden. Aber ich hoffe und bete sogar, dass dies nur auf dem Papier der Fall ist!“

„Da, sie kommt! Schöner und eleganter denn je! Ich bin doch ein Narr gewesen, sie nicht stets auf Händen getragen zu haben. Aber der Tod der Liebe ist immer noch die Gewohnheit!“ Stumm wie ein Fisch im Wasser steuerte er auf Eveline zu, aber seine Augen strahlten wie schon lange nicht mehr.

„Darf ich Madame zu einem Taxi entführen?“, druckste er hervor und machte sogar eine kleine Verbeugung.

„Seit wann ist denn aus einem Morgenmuffel ein Gentleman geworden“, lächelte Eveline etwas scheu und nahm die Orchideen ihm ab, bevor sie ganz zerdrückt waren. Eine leichte und scheue Umarmung brachte beide einige Stufen höher in ihrer Gefühlswelt.

„Nur zwei Koffer?“

„Den Rest habe ich weggeworfen, wie so manches aus meinem früheren Leben!“

„Hast du Lust auf ein feines Frühstück in einem unserer Lieblingsrestaurants?“

„Wenn ich dort nicht gleich verhaftet werde, ja gerne!“

„Ich würde dich am liebsten verhaften zu lebenslangem Hausarrest bei mir!“

„Wie geht's denn deinem Blut?“ fragte Eveline, während sie durch den morgendlichen Stossverkehr Richtung City und Altstadt schlichen.

„Gut, Gott sei Dank. Aber meiner Seele geht es noch viel besser!“

„Haben wir denn überhaupt eine Seele?“

„Gewiss, darum plagt uns das Durchlebte ja so sehr. Ich glaube aber, dass wir alles gemeinsam schaffen können!“

„Guten Tag, Frau und Herr Doktor“ wurden sie in ihrem früheren Stammlokal freundlich begrüsst. „Das ist aber eine Freude, Sie mal wieder bei uns zu haben! Frühstück wie immer?“

„Ja, nur heute zusätzlich mit einem Glas Champagner am Schluss!“

„Sehr gerne. Dieser geht dann aufs Haus!“

„Ich wiederhole meine Frage von vorhin, sicher nicht grundlos! Haben wir wirklich eine Seele?“

„Du und ich haben schon manchen Körper gesehen, ausgeweidet wie ein Schlachtvieh. Und wir sahen und fanden nirgends eine Seele. Doch wir haben auch schon viele Tote gesehen! Ist da nicht ein riesiger Unterschied? Man spricht doch nicht vergeblich von einem entseelten Leib. Nur noch gewissermassen eine Hülle liegt da vor einem, weil Seele und Geist weg sind!“

„Seele und Geist, oder doch nur Geist?“

„Ich glaube, dass hängt irgendwie zusammen. Man müsste mal mit einem Theologen ein ernsthaftes Gespräch führen. Aber die sind ja auch seit Jahrtausenden verstritten!“

„Genauso wie wir Ärzte! Lassen wir uns lieber vom Selbsterlebten und von unseren Gefühlen leiten!“

„Und dabei heillos in die Irre gehen?“

„Wenn ja, schadet es jemandem?“

„Eigentlich nicht. Aber sag mir mal Reinhard, hast du den Bankmenschen wirklich umgebracht, und wenn ja, nur wegen mir?“

„Warum willst du das wissen?“

„Weil vor dir eine Mörderin sitzt. Und mit geteilter Schuld kommen wir besser zurecht!“

„Ja, ich habe ihn getötet, bin aber darüber keinen Augenblick froh geworden. Ich tat es aus Eifersucht, und auch wenn es kindisch klingt, aus Liebe zu dir!“

„Dann lass uns nach Hause gehen und gemeinsam neu anfangen!“

„Tausendmal willkommen! Und vergiss nicht, unserer Mieze einen Namen zu geben!“

„Drei Namen, wenn du willst“, lächelte Eveline glücklich!

23

Zu Hause war wirklich noch alles wie eh und je. Reinhard hatte nichts, rein gar nichts verändert! Er hoffte wohl tief zuinnerst, dass Eveline eines Tages zurückkehrte oder aber, dass er an seiner Krankheit starb.

„Wer kommt denn da auf uns zugehoppelt! Grüss dich, Miezekatze. Sieh mal, Frauchen ist da, und wir hoffen natürlich beide wie verrückt, dass sie bleibt!“
„Du kommst ja so majestätisch daher wie Kleopatra!“, schrie Eveline völlig verzückt auf, während Reinhard sofort meinte: „Damit hat Mieze schon ihren ersten Namen bekommen!“

„Welchen denn?“

„Kleopatra!“

„Ach so, warum denn nicht. Aber diese wusste vermutlich schon, wo sie zur Toilette gehen musste!“

„Du hast das nicht vergessen? Das ist einfach grossartig. Lass uns einfach vermehrt von solchen Kindereien leben. Und viele ‚stille Örtchen' gab es vermutlich bei Kleopatra noch nicht. Die hatte genug Diener, um alles immer wieder wegzuputzen!"

„Ja, ab sofort hast auch du eine Dienerin mehr, Kleopatra, gell!", und schon schmusten die beiden miteinander.

„Dabei könnte man ja wieder eifersüchtig werden!"

„Werde es doch, das ehrt mich! Komm, zur Stillung ärgster Schmerzen kriegst du auch einen Kuss!" Dieser brannte wie ein wohliges Feuer auf seine Mund. Aus der scheuen Umarmung vom Flughafen wurde jetzt eine innige und warme. Eine Welle der Zuneigung brandete in beiden auf.

„Warum nur bedeutete uns all das nichts mehr? Warum mussten erst zwei Morde auf unserem Gewissen lasten?" Wieder keine Antwort darauf, und zwar von beiden. Was kann man auch darauf antworten?

„Kein einziges Buch fehlt in deiner, pardon in unserer Bibliothek, keine einzige CD, keine DVD, auch solche, die ich erstanden hatte! Warum hast du nichts weggeworfen, vor allem, was dich an mich erinnerte?"

„Warum fragst du solche Dinge?“

„Weil ich es gerne wissen würde!“

„Weil ich dich immer geliebt habe, dir das aber nicht mehr zeigen konnte und darum handelte wie ein Hornochse! Schön, wieder zu Hause?“

„Wunderschön! Aber wie erklären wir das den Leuten?“

„Gar nicht!“

„Wird wohl das Beste sein! Und unsere erste gemeinsame Nacht nach all den verrückten Wirren?“

„Ähnlich wie die erste, einfach mit kleineren oder auch grösseren Änderungen!“

„Einverstanden, vor allem möchte ich länger schlafen. Letzte Nacht habe ich kein Auge zugetan!“

„Deine Pyjamas sind noch dort, wo sie immer waren!“

„In der ersten Nacht brauchte ich aber gar keines davon!“

„Wenn es so bleibt, ist allein der Gedanke daran schon wunderbar!“

„Aber wohl nur der Gedanke?“

„Lass es einfach werden!“

24

Die Nacht ging vorbei und war trotz Änderungen für beide ein wundervolles Erlebnis. Einfach die Zweisamkeit, die Wärme und die wieder entdeckte Liebe waren unbeschreiblich.

Eveline meinte am anderen Morgen: „Das Fleisch wird schwabbeliger, die Haut etwas schrumpeliger, die Muskulatur schlaffer, aber unser Geist ist nach wie vor taufrisch. Ist das nicht schön?“ Und dann wollte sie Reinhard fragen: „Hat hier in diesem Bett je eine andere Frau gelegen?“

Aber zum Glück konnte sie diese Frage unterdrücken, obwohl sie dies brennend interessiert hätte. „Aber schliesslich war ich es, der ihn vermutlich zuerst betrog, damals in Capri!“

„Bei dir ist alles jung geblieben!“, meinte er enthusiastisch.

„Schmeichler! Bei mir brauchst du den Chirurgentrick nicht anzuwenden!“

„A propos ärztliche Tätigkeit: Willst du dich an einem hiesigen Krankenhaus wieder bewerben, oder machen wir einfach für immer Urlaub? Du weißt, ich frage nicht wegen den Finanzen, sondern wegen deiner Erfüllung im Beruf?“

„Wo könnte ich mich hier denn wieder bewerben? In dieser Hinsicht ist doch Zürich ein Dorf! Finanziell könnte ich das sehr wohl gebrauchen!“

„Warum denn? Was mein ist, ist auch dein. Wir werden dies so schnell wie möglich regeln!
Zudem: Es gibt hier eine ganze Menge Privatkliniken, die von den damaligen Vorkommnissen gewiss nichts wissen oder nichts wissen wollen, sondern gute Leute dringend benötigen!“

„Lieb von dir. Besprechen wir das später? Ich möchte heute wieder mal sehen, wie schön es eigentlich hier ist und eine Schifffahrt machen!“

„Ich fliege und bestelle! Wie wäre es mit einem Ausflug in die Rosenstadt Rapperswil. Dort im Hotel Schwanen gibt es immer noch eine ausgezeichnete Küche!“

„Toller Vorschlag! Kann Kleopatra so lange allein sein?“

„Aber gewiss. Sie ist eine Katze und kein Hund. Ohne uns oder jemanden, der mal schnell nach ihr schaut, hält sie ohne Weiteres zwei Tage durch!“

„Und kündigt uns nachher die Liebe?“

„Nein, sie ist kein Mensch!“

„Ja, nicht so kompliziert!“, lachte Eveline. „Sie hat hier natürlich auch einen schönen Auslauf!“

Mit der „Panta rhei“, dem neusten Zürichseeschiff, einem Glaspalast, was übersetzt heisst „Alles fliesst“, die ausnahmsweise mal wirklich nicht für irgendwelche Reparaturen auf dem Trockendeck lag, sondern auf dem See schwamm, genossen sie schöne Stunden, und das Wetter machte mit.

„Willkommen auf dem schönsten See weit und breit!“, nahm ganz ungeniert Reinhard seine Eveline in die Arme. Diese meinte: „Für mich nur der zweitschönste!“

„Wo und wer ist denn der schönste?“

„Für mich der Lago Maggiore!“

„Also, planen wir demnächst Urlaub in Ascona?“

„Gerne, und dort dann alles weitere!“

25

Zwei Wochen später meinte Eveline auf dem Balkon ihres Hotels, in dem sie früher oft waren, zu Reinhard: „Das Locarnese ist einfach eine wunderschöne Ecke der Schweiz, nicht wahr, mein Lieber? Warum nur warst du denn bei meinem ersten Anruf aus Kapstadt in Lugano?“

„Ohne dich sind Locarno und Ascona nicht dasselbe. Darum ging ich aus Trotz oder Kummer in die andere Ecke des Ticino!“

„Schön gesagt! Dein Kummer ist aber für viele ein Traum!“

„So verteilen sich die Touristenscharen gleichmässig auf die meisten Gebiete“

„Hast du Lust zu einer Schifffahrt nach Luino? Morgen, Mittwoch, ist dort der berühmte Markt!“

„Immer! Denkst du an unser Gelati-Essen vor sehr langer Zeit, bei dem wir uns nach jedem Bissen Eis geküsst haben und uns die meisten Leute anlachten oder auslachten?“

„Ja, sollen wir auch das wiederholen?“

„Ich glaube, jetzt würden uns alle nur noch auslachen!“

„Sollen sie doch! Du glaubst es kaum, aber ich habe bereits etwas Heimweh nach unserer Kleopatra!“

„Wir können ja jederzeit unseren Urlaub hier abbrechen und zurück zu unserer Prinzessin fahren! Morgen aber noch nach Luino?“

„Natürlich! Es war ja nur ein kleiner Scherz, mit einem kleinen Stück Wahrheit drin!“

Plötzlich schaute am nächsten Tag an Bord der Delphin, einem kleinen Kursschiff der Italiener, das ruhig das Wasser pflügte und auf Luino zusteuerte, Eveline ihren Reinhard ganz erschrocken an. Böse Erinnerungen aus frühen Tagen ihres Ruhestandes traten vor ihre Augen, als sie auf ihrer letzten grossen gemeinsamen Reise nach Fernost ihn fragte, ob ihm nicht gut sei. Er sah damals so bleich aus, mit geradezu durchsichtiger Haut, die plötzlich gealtert schien, und stand ganz unsicher auf den Beinen. Die

Folgen bei den Untersuchungen ergaben ja dann die niederschmetternde Diagnose: Leukämie, Blutkrebs.

„Und jetzt sieht er wieder so aus, nur noch ein paar Jahre älter als damals! Soll ich ihn fragen, ob er sich gut fühlt oder nicht? Ist das klug oder grundfalsch? Aber schliesslich bin ich seine Frau und Ärztin und habe nicht nur ein Recht, sondern geradezu die Pflicht, dies zu tun!"

„Reinhard, bitte bleibe ganz ruhig! Aber ist dir im Moment nicht so gut?" Sie konnte ihre Nervosität und Besorgnis nicht verbergen.

„Aber doch! Warum fragst du?"

„Du bist plötzlich so bleich!"

„Ach, das ist das grelle Licht der südlichen Sonne!"

„Ist es nicht, denn der Himmel bedeckt sich ja mehr und mehr! Wie sind denn deine Blutwerte jetzt?"

„Ich sollte schon seit einiger Zeit wieder zur Kontrolle. Aber das ewige Hingehen kotzt mich an! Sobald wir zu Hause sind, marschiere ich aber wieder zu meinem Kollegen in die Onkologie!"

Reinhard sah von Minute zu Minute schlechter aus und schwankte auch an Deck, bis Eveline zutiefst besorgt sagte: „Komm, setz dich hier auf die Bank!“

„Ich glaube, ich muss mich übergeben. Irgendwas war beim Frühstück nicht gut verträglich. Lass mich an die Reling lehnen, dass ich unauffällig bleibe, wenn ich mich entleere!“

„Warte, ich stütze dich!“

„Nein, nur keine Aufmerksamkeit erregen!“

Plötzlich sackte er am Geländer der Reling zusammen. Durch sein Gewicht brach dieses vermutlich ziemlich verrostete Ding auseinander und Reinhard stürzte kopfüber mit einem leichten Schrei ins Wasser.

„Stopp, um Himmels willen Stopp!“, schrieen Eveline und ein paar weitere Passagiere. „Mann über Bord!“

Reinhard war sonst ein guter Schwimmer, aber in seinem umnebelten Zustand sank er wohl wie ein Stein im aufgewirbelten Wasser der Delphin. Bis das Schiff endlich stoppte, waren sie vom Unglücksort sicher schon etwa fünfzig oder hundert Meter entfernt. „Zurück fahren, zum Teufel! Mindestens fünfzig Meter zurück!“, brüllten einige Leute auf Deutsch oder Italienisch.

26

Eveline weinte und tobte wie eine Verrückte und musste von einigen Passagieren festgehalten werden, dass sie nicht ins Wasser sprang. Es dauerte und dauerte, bis endlich ein Patrouillenboot der Polizei von Luino mit zwei Tauchern an der Unglücksstelle eingetroffen war und diese rücklings endlich ins Wasser glitten.

Nach zwei oder drei Tauchgängen kam einer hoch und reckte den Daumen nach oben, verschwand aber gleich darauf wieder in den Fluten. Es schien, dass sie nach Ewigkeiten endlich mit Reinhard an die Wasseroberfläche kamen und ihn schliesslich ins Boot hievten. Dort bemühte sich sofort ein Arzt mit Wiederbelebungsversuchen. Zum Glück war dies den Augen von Eveline zumeist verborgen, bis sie selbst schrie: „Ich bin Ärztin! Ich will sofort zu meinem Mann!"

Widerstrebend liess man sie endlich ins Polizeiboot. Reinhard sah schrecklich aus. „Ist er schon nur noch die Hülle, von der wir kürzlich sprachen? Oder sind Seele und Geist noch bei ihm?“, fragte Eveline sich schluchzend und zitternd wie ein hilfloses Kind, während sie Reinhard in den Armen hielt.

Da, plötzlich öffnete er noch einmal die Augen und nahm sie wahr! Mühsam formte er einzelne Worte. Sie legte ihr Ohr ganz nahe an seine Lippen, um alles zu verstehen! „Eveline, offenbar waren meine Blutwerte wieder miserabel. Ich gehe jetzt in eine andere Daseinsform. Hoffentlich ein paar Stufen höher, auf der wir uns einmal wiedersehen werden. Habe keine Angst, ich habe für alles vorgesorgt. Du findest alles zu Hause in meinem Sekretär! Grüsse Kleopatra von mir. Ich liebe dich …“

Den Rest verstand sie leider nicht mehr, konnte sich aber denken, was Reinhard ihr noch sagen wollte. Für sie brach in diesen Augenblicken eine ganze Welt zusammen!

„Verfluchtes Bel Paese! Du gabst mir vieles, was ich wirklich liebte! Und nun nimmst du mir alles! Niemals will ich dich je wiedersehen!“ Nach diesen Worten brach Eveline bewusstlos zusammen.

Sie erwachte erst wieder später im regionalen Krankenhaus, in dem man ihr schonend den Tod ihres Partners beizubringen versuchte. Ihrer Bitte um schnellste Überführung der Leiche nach Zürich wurde nach ein paar Formularen, Stempeln und Unterschriften sowie dem Begleichen einiger Rechnungen gern entsprochen. Die Rega, die Schweizerische Rettungsflugwacht, übernahm den Transport.

Im zuständigen Krankenhaus in Zürich wurde festgestellt, dass die sogenannten guten Blutwerte förmlich abgesackt waren, und die bösen explodierten, und vor allem auch Blutmangel zum tragischen und tödlichen Unfall führten.
„Warum hast du denn nicht mehr zu deiner Gesundheit Sorge getragen, Reinhard?“, fragte Eveline. „Wolltest du gar nicht mehr leben?“

Sie bemerkte jetzt deutlich, dass sie zu einem entseelten Körper sprach und dass wirklich nur noch eine Hülle dalag. Trotzdem war der Gesichtsausdruck von Reinhard, wenn man von „Ausdruck“ überhaupt reden wollte, friedlich. „Doch selbst das ist für mich nicht tröstlich“, klagte Eveline, „aber irgendwie fühle ich, dass sein Geist bei mir ist!“

Zu Hause kam ihr sogar Kleopatra traurig entgegen, als wenn sie das Herrchen suchen würde. Umso mehr schmiegte sich das kleine Geschöpf an sie, was Eveline erneut zu Tränen rührte.

„Nun bin ich wirklich am Boden zerstört und muss mir eine neue Bleibe suchen. Diese Wohnung gehörte ihm, und wir sind immer noch geschieden. Gewiss, es gibt keine näheren Verwandten. Aber oft tauchen solche auf, wenn Geld gerochen wird. Was hat Reinhard mir noch zugeflüstert? Es ist alles geregelt, du findest alles in meinem Sekretär!“

Ganz benommen torkelte Eveline zu Reinhards antikem Sekretär, eines seiner liebsten Möbelstücke, und scheute sich fast ein wenig, in den Unterlagen zu stöbern. Zuoberst lag ein ziemlich neu beschriebenes Blatt aus seinem Laptop mit folgenden Zeilen:

„Liebe Eveline,

Wenn du diese Zeilen liest, bin ich nicht mehr. Und doch versuche ich, täglich bei dir zu sein. Mir war am Anfang meiner Krankheit klar, dass jeder Tag für mich ein geschenkter Tag sein wird und einmal die Mittel nicht mehr genügen werden, um den Lebenssaft in mir immer wieder zu restaurieren. Offiziell sind wir zwar geschieden, aber im Herzen bist du meine Frau geblieben und ich darf mich glücklich schätzen, dein Mann gewesen zu sein. Gehe darum nach der Beerdigung zum Anwaltsbüro Frei und Huber am General-Guisan-Quai, denn dort liegt in schriftlicher Form mein letzter Wille vor.

Alles was mein ist und war, ist auch dein! Mit diesem kurzen Satz ist alles gesagt. Meine Eltern waren ziemlich fromme Menschen, aber keine Frömmler. Ich war in meiner Kindheit auch in ihrer Freikirche, habe diese dann leider verlassen. Wenn du Wert darauf legst, mich nach einem religiösen Sinn zu verabschieden, dann versuche doch mit der alten Kirchgemeinde meiner Eltern Kontakt aufzunehmen. Ich glaube im heutigen Computerzeitalter werde ich dort noch in alten Schriften zu finden sein betreffend meiner Mitgliedschaft, denn ich habe nie einen Austritt gegeben.

Es war wundervoll mit dir. Begonnen hat alles am Lago Maggiore, in Ascona. Nun reise ich nochmals mit dir, vielleicht das letzte Mal, dorthin. Das ist die Krönung meines Lebens.

Dein Reinhard! Arrivederci, cara mia"!

Bald war die ganze Seite nass von den Tränen Evelines. Das Zittern ihres ganzen Seins war Trauer und stilles Glück zugleich! Wie gut war da, dass sich wohl selbst Kleopatra für diese letzten Zeilen interessierte, den sie lag bald darauf auf dem immer noch tränennassen Papier und blinzelte ihr mit ihren geheimnisvollen Augen zu.

27

Es wurde eine würdige Trauerfeier in Reinhards ehemaliger Kirche, die viele Teilnehmer sehr beeindruckte, sei es Predigt, musikalische Umrahmung, die Würdigkeit des ganzen Anlasses. Eveline erlebte alles wie in einem Traum. Sie wollte sich später über alles klar werden, auch über die hundert und mehr Fragen, die sie allein dazu hatte.

Wo findet man heute noch ein Sakralgebäude mit etwa siebenhundert Sitzplätzen, die nach der Rückkehr des „verlorenen Sohnes“ zum Abschied gefüllt ist? Selbst viele Medizinerkollegen, die meisten davon nicht sehr gläubig, gaben sich erstaunt und ehrlich verwundert.

„Ich brauche Zeit, viel Zeit, um das alles aufzuarbeiten! Aber diese habe ich ja nun!“, überlegte sich Eveline. Welche Selbsttäuschung! Wann haben wir denn schon viel Zeit? Meistens dann, wenn es zu spät ist und keine Zeit mehr gilt!

Obschon sie ja bereits wusste, was auf sie zukam bei der Testamentseröffnung, war Eveline trotzdem überrascht, dass alles, was Reinhard besass nun auf sie übertragen wurde. So war sie stolze und doch tieftraurige Besitzerin von Liegenschaften und Wertschriften von etwa zehn bis fünfzehn Millionen Franken geworden. Gewiss, das war ein Polster, auf dem man ausruhen konnte. Aber dazu bräuchte es innere Ruhe. Nur diese fand sie nicht.

Nach einer gewissen Zeit wagte Eveline doch den Versuch, wieder als Anästhesistin in einem Privatspital tätig zu werden, und es gelang. Die immer älter werdenden Menschen und die grosse Zuwanderung aus der halben Welt in den Kleinstaat Schweiz brachten trotz Hochpreispolitik in vielen oder allen Belangen immer mehr Leute auch in die Krankenhäuser. Diese litten fast immer unter Ärztemangel und zu wenig Pflegepersonal.

So arbeitete Eveline wenigstens etwa fünfzig Prozent. Hier hatte sie wieder eine sinnvolle Aufgabe und sie wurde dadurch auch etwas ausgeglichener. In ihrem alten und wieder neuen Zuhause veränderte sie wenig, denn vieles wenn nicht alles erinnerte sie an Reinhard, und das wollte sie ganz bewusst so erleben.

28

Die inzwischen auch in Zürich beigesetzte Monika Siedler, geborene Müller, war in ihrer Jugend ein lustiges und hinreissend hübsches und auch etwas sexbesessenes Mädchen. Aufgewachsen in kleinbürgerlichen und moralisch eng denkenden Kreisen brach sie bald mal aus, schmiss ihre Lehre als Schneiderin hin, und zog in eine WG, eine Wohngemeinschaft, mit all ihren sogenannten Freiheiten und auch Nebeneffekten wie erste Drogenversuche und absolute Freiheit der Partnerwahl. Dies blieb nicht ohne Folgen, denn Monika war doch ein kleines Landei geblieben. Sie wurde demnach bald schwanger!

Nun, ein Abbruch der Schwangerschaft kam für sie nicht in Frage. Einzelne Elemente ihrer kleinbürgerlichen Erziehung blieben offenbar doch in ihr haften. Sie wollte einfach kein werdendes Leben töten! Ihre Eltern machten wie manche anderen den Kapitalfehler und verstiessen ihre Tochter. Diese brachte ihr Kind schliesslich bei mehr oder weniger frommen Ordensschwestern irgendwo in der Zentralschweiz zur Welt. Sollte sie nun selbst Nonne oder Ordensschwester werden? Welch ein Graus! Monika hatte in kurzer Zeit zu viel gesehen in diesem engeren Zirkel.

So liess sie ihren Sohn zurück, mit dem nahezu heiligen Schwur, ihn so bald wie möglich dort wieder herauszuholen, und setzte ihren ganzen Ehrgeiz in den Lehrabschluss als Schneiderin von Damenkleidern.

Die Jahre vergingen und sie wurde sogar in ihrem Beruf erfolgreich. „Mein Junge muss jetzt sechs Jahre alt sein, und ich will ihn aus seinem ‚Gefängnis' herausholen!", gelobte sie sich, denn inzwischen besass sie eine kleine Mietwohnung und ein paar Franken Kapital. Zu ihrer Kundschaft zählte auch die Frau eines Bankers, namens Frau Martha Siedler. Diese liess in ihrem Atelier meist nur ziemlich teure Unikate anfertigen.

Ihr Mann, der spätere CEO der Bank in Zürich, verschlang Monika schon lange mit seinen Augen. Aus den Blicken wurden konkrete Angebote, und zwar in einer Höhe, die Monika nahezu schwindelig werden liessen.

„Monika, einmal mit dir schlafen, und ich zahle dir tausend Franken! Du bist der Traum aller Weiblichkeit für mich!", flüsterte der Herr Bankdirektor Erhard Siedler ihr zu und fingerte zugleich an ihrem Busen herum, was sie ziemlich angenehm empfand. „Weisst du, meine Frau ist auf diesem Gebiet eine Nullnummer!“

„Ob er wohl bemerkt hat, dass ich auf ‚diesem Gebiet’ anders bin?“, fragte sich Monika und flüsterte zurück: „Rufen Sie mich doch mal an!“ Sie war ja längst nicht mehr das Landei von früher!

Es wurde eine heftige Affäre daraus, und die Frau des Bankdirektors liess sich natürlich mit guter Abfindung frustriert von ihrem Lüstling scheiden. Er zog vom katholischen Chur ins reformierte Zürich – als wenn das offiziell heute noch eine Rolle spielen würde! Nun, offiziell schon nicht, aber inoffiziell sind da noch grosse und alte Seilschaften aus alter Zeit. ‚Man’ wollte ja längst eine Diözese Zürich gründen. Aber in der alten Zwingli-Stadt? Besser noch etwas warten! Wichtig war ja, dass die Gelder von dort in die Schatulle von Chur flossen und dieses damit ein wichtiges und vermögendes Bistum blieb.

Zurück zu Monika Müller und Eduard Siedler. Er machte in Zürich Karriere wie mancher andere, denn es war und ist ein weltweit wichtiger Bankenplatz. Er wurde in wenigen Jahren zum CEO befördert. Inzwischen war er mit Monika, seinem Sexhäschen, verheiratet. Aber er suchte auch immer wieder neue

Häschen, die man ab einer gewissen Stellung auf Geschäftsreisen praktisch im Zimmerpreis inbegriffen bekam.

Ebenfalls inzwischen fand Monika – war es Fügung oder Zufall – auch ihren Sohn, der auf den Namen Antonius hörte, wohl ein Vermächtnis der frommen Schwestern von damals. Sie fand ihn aber nicht in religiösen Kreisen, sondern dank der Suche eines begabten Detektivs, im Drogenmilieu von Zürich. Inzwischen war er wohl Siebzehn geworden und von den Drogen schon halb oder bald ganz zerstört.

Monika weinte und bereute tief, und nahm ihn zu sich nach Hause. Der Junge verachtete seine leibliche Mutter zutiefst, vermutete aber eine gute Geldquelle für den dringend benötigten Stoff.

Eduard explodierte, als er die ganze Geschichte aufgetischt bekam. „Der Junge kann unmöglich hier bleiben. Denk mal an unsere Reputation?“

„Aber für diese Reputation sind deine unzähligen Frauengeschichten nicht abträglich?“

„Beweise mir nur eine!“

„Wenn du das willst, kein Problem!“

„Also, seien wir vernünftig. Ich will gar nicht wissen, wer der rechtmässige Vater ist, und dieser Junge gewiss auch nicht. Der will nur Geld. Soll er haben, und gleichzeitig in eine Entzugsanstalt gehen, sonst ist das ein Fass ohne Boden. Deine spät entdeckten Muttergefühle nützen jetzt niemandem!"

Antonius wurde dank guter Beziehungen des CEO tatsächlich in eine Entzugsanstalt eingewiesen und erhielt zu Händen der dortigen Leitung ein Konto über 100'000 Franken für alle anfallenden Kosten. „Wenn du geheilt bist, sehen wir weiter! Adieu!"

Wenig später kam der ernüchternde Bericht aus jenem Heim, dass Antonius abgehauen sei, vermutlich ins Ausland, und dass das Konto total geplündert wurde, vermutlich mit gefälschten Unterschriften. Alles Toben und Ausrufen des Herrn Direktors nützte nichts, und die Liebe oder nur sexuelle Zuneigung Monikas, schon vorher erkaltet, war nun endgültig und schlagartig vorbei. Die Ehe bestand praktisch nur noch auf dem Papier.

Antonius, der seinen Namen, seine Eltern, ja oft die ganze Welt verfluchte und seine Kröten mit Prostitution und gelegentlichen Einbrüchen verdiente, kam nach einigen Jahren, in denen er trotz grossem Rauschgiftkonsum am Leben blieb, wieder nach Zürich zurück. Er wollte seine Mutter nochmals erpressen und sich irgendwann mal den ‚goldenen

Schuss' geben. Hier erfuhr er vom Mord an seinem Stiefvater und vermutlich auch an seiner Mutter. Er hörte auch Namen munkeln, deren Täterschaft man vermutete, und fand dann bald die Wohnadresse von der Frau Doktor Eveline Munzinger heraus.

„Dann ist diese Dame die letzte Kuh, die ich noch melken werde, bevor ich in die ewigen Jagdgründe gehe oder ins Nirwana, ins ewige Vergessen!"

29

Verwundert blickte Eveline durch den Spion, als die Hausklingel um zwanzig Uhr noch schrillte.
„Wer will mich denn um diese Zeit noch sprechen? Ich habe keinen Termin. Irgendeine Bettelaktion?“

„Wer ist da?“, fragte sie in die Gegensprechanlage und musterte kritisch einen etwas zerlumpen aber noch jüngeren Mann im Monitor, der irgendwie krank, sogar sehr krank aussah. Sie schätze ihn auf etwa fünfundzwanzig.

„Mein Name ist Antonius Müller. Ich bin der uneheliche Sohn von Frau Monika Siedler, geborene Müller aus Chur, die Sie in Salerno ermordet haben!“

Eine ganze Weile starrte Eveline den Sprecher an, ohne ein Wort herauszubringen. Dann meinte Sie gepresst: „Verschwinden Sie oder ich rufe die Polizei! Sie sind ja verrückt!“

„Gut, wenn Sie lieber Klamauk haben, rufen sie doch die Polizei! Diese wird mir bestimmt interessiert zuhören, was ich zu erzählen habe. Ich kann auch eine Exhumierung des Grabes der beiden Siedlers verlangen. Die Sensationspresse lauert immer auf solche Storys, denn sie sind viel interessierter daran als an rechts- und linksextremem Politikergeschwafel!“

Endlich fand Eveline den entsprechenden Druckknopf, um die Klingel auszuschalten. Sonst hätte vermutlich dieser Idiot da unten an der Eingangstüre den halben oder ganzen Wohnblock mit seiner Geschichte aufgescheucht.

„Aber was mache ich nur, wenn dies wirklich ein Sohn von diesem Luder ist, das ich in Salerno zum Schweigen brachte? Dann ist die Hölle los. Was will denn nach all dieser Zeit dieser Kerl? Vermutlich Geld, denn er sieht aus wie ein Süchtiger. Es ist jetzt schon recht kühl am Abend, und der stand ohne Mantel da und schwitzte wie ein Schwein!

Er wird wiederkommen und keine Ruhe geben. Also muss ich mit ihm reden. Verflucht, hört denn das alles nie auf und holt mich die Vergangenheit wieder ein? Wie hat er mich nur gefunden und woher hat er sein Insiderwissen?“

Eine schlaflose Nacht folgte, in der Sie ein Dutzend Pläne entwarf und gleich wieder verwarf.

So eine Nacht kann einem Jahre altern lassen, und am nächsten Morgen fühlt man sich gerädert und gefoltert.

„Und ich kann mit keinem Menschen darüber reden, nur mit dir, Kleopatra. Und du verstehst nicht, um was es geht!“ Irgendwie fragend und mit ihren geheimnisvollen Augen sah das Tier sie aber an, als wenn sie ahnte, dass etwas mit Frauchen nicht stimmte.

„Noch ein Mord? Dann kann ich mich am besten auch gleich umbringen. Dies wäre vielleicht das beste, dass alles ein Ende findet, und zwar auf der untersten Stufe, auf der ein Mensch überhaupt ankommen kann.“

Sie meldete sich wegen starker Migräne am andern Tag im Krankenhaus ab. Aber das gab keine Luft zum atmen und es war keine Lösung, auch keine vorläufige.

30

Schon am nächsten Morgen hatte Eveline ein etwas zerknittertes Schreiben im Briefkasten, dass sie mit spitzen Fingern herausnahm.

„Frau Doktor! Ewig können Sie die Klingel zu Ihrem Refugium ja nicht ausschalten. Sie haben mich sicher eingehend betrachtet, und als Ärztin bemerkt, dass ich rauschgiftsüchtig bin und dies seit Jahren. Eigentlich ein Wunder, dass ich immer noch lebe, nein vegetiere.
Ich rechne noch mit einem guten halben Jahr, dann ist es mit mir zu Ende. Soll dies bei Ihnen auch so kommen? Sie fragen sich vielleicht, woher ich all das Insiderwissen habe. Wissen Sie, wir Junkies sind eine Welt für sich und eine recht verschworene Gesellschaft. Hat man erst einmal einen Faden aufgenommen und in der Hand, lässt sich dieser relativ leicht aufspulen, denn jeder braucht Geld, nicht nur die Reichen.

Ich plane, mein nutzloses Leben, das ich der Schlampe, die meine Mutter ist, zu verdanken habe, mit einem kleinen Feuerwerk zu Ende zu bringen. Meinen Vater kannte ich nicht und weiss auch nicht, wer das ist. Je nachdem, wie kooperativ Sie sich zeigen, werde ich Sie aus dem Spiel lassen, will aber den Grabstein meiner Erzeuger noch ein wenig ins Wanken bringen. Späte Rache? Vielleicht, oder aber auch gerechter Ausgleich, denn das Meiste auf dieser Welt ist Schein und nicht Sein. Darum flüchtete ich mich bald in eine Scheinwelt, die gar nicht so entsetzlich ist. Man muss in dieser viel weniger lügen.

Nur ein Entzug, den ich einige Mal versuchte, ist die Hölle. Also, Sie gewähren mir ein Gespräch, oder mancher schöne Name in Zürich wird nachträglich noch mit viel Dreck beworfen. Meine Erkundungen in Zürich und Livorno waren sehr aufschlussreich. Ich werde bei Ihnen morgen Abend wieder klingeln. Antonius!“

Aufs Äusserte angespannt wartete Eveline die nächsten Stunden des Tages und schaute sicher hundertmal auf die Uhr.

Endlich klingelte es wieder und der Mann, der sich Antonius nannte, begehrte erneut Einlass.
Eveline versteckte in einer ihrer kleinen Taschen in den Jeans ein Skalpell. Man wusste ja nie, und sie wollte doch nicht ganz unbewaffnet sein! „Gehen

Sie zum Lift und drücken Sie den Knopf Attika. Ich hole Sie dann rauf!“, bemerkte sie knapp und kühl.

Während des Surrens des Aufzuges überlegte sich Eveline zum unzähligen Mal, wie sie den Ganoven so schnell wie möglich abfertigen sollte, aber es kam ihr keine rettende Idee. Der Lift brachte durch Knopfdruck Evelines Antonius direkt in die Attikawohnung. Beide beäugten sich eine ganze Weile wortlos, bis sie sehr verärgert, aber auch sehr unsicher meinte: „Setzen wir uns einen kurzen Moment ins Wohnzimmer!“

„Sehr nobel und schön haben Sie es hier. Eine grossartige Wohnung! Da lohnt es sich schon, mal jemanden um die Ecke zu bringen“, stellte Antonius lakonisch fest, ohne aber, dass man bei ihm eine Spur Neid heraushörte.

„Blödsinnige Feststellung! Mein verstorbener Mann und ich haben ein Leben lang streng gearbeitet und sind dadurch zu einem gewissen Wohlstand gekommen. Mit von Ihnen behaupteten Morden hat dies nichts zu tun!“

„Soll ich meine grossartige Mutter wirklich exhumieren lassen, um den Nachweis zu erbringen, dass sie nicht einfach ertrunken ist, sondern zuvor vergiftet wurde? Die Pathologie und die Gerichtsmedizin in Salerno sind nicht dafür bekannt, dass sie mit ausländischen Leichen umfangreiche und kostspielige Untersuchungen anstellen!", lächelte Antonius ziemlich gehässig.

„Tun Sie, was Sie nicht lassen können! Ich glaube aber nicht, dass die Behörden in Zürich Ihren Wünschen oder gar Forderungen nachkommen werden!"

„Auch nicht, wenn ich mit bisher nicht auf den Tisch gelegten Facts aufwarte? Immerhin handelt es sich bei der Toten um die Frau eines ehemaligen grossen Tiers in dieser Stadt!"

„Und diese Facts wären?"

„Sehen Sie, schon kommen wir der Sache näher. Zur Zeit des ominösen Todes meiner Mutter waren sie Anästhesistin in Salerno, also sozusagen in den eingeweihten Kreisen. Sie trafen meine Mutter im Grand Hotel in Salerno und nahmen diese mit nach Hause. Nachher waren sie wie vom Erdboden verschluckt und tauchen bald darauf mit Ihrem in Luino ertrunkenen Mann wieder in Zürich auf! Ich weiss weitere Einzelheiten von einem Kellner namens Antonio, also sogar einem Namensvetter von mir. Dieser trauert Ihnen immer noch nach, denn er wollte für sein Schweigen mit Ihnen ins Bett, was mich jetzt bei Ihrem Anblick nicht verwundert!"

„Mein Mann ist vor Luino nicht ertrunken, sondern an Blutkrebs gestorben! Sie sehen daraus, dass Ihr ganzes Lügengebäude zusammenbrechen würde, wie ein Kartenhaus!"

„Es bleiben noch genügend belastende Dinge, dass eine Untersuchung hierzulande rechtfertigen würde. In der Schweiz ist man meistens schon genauer als im schönen Süden.
Oder wollen Sie die entsprechenden Leute hier auch kaufen oder gar zum Schweigen bringen?"

„Fertig mit Unterstellungen! Was wollen Sie von mir?"

„Ganz einfach: Geld! Ich brauche Geld für die letzte Wegstrecke, die mir auf dieser beschissenen Welt noch bleibt. Dass es soweit gekommen ist mit mir, daran sind meine Mutter und mein Erzeuger, den ich bis heute noch nicht gefunden habe, schuld. Sie haben mein Leben versaut!"

„Natürlich, immer die andern, nie selbst ist man schuld! Also, wie viel und wann?"

„Sagen wir mal 50'000 Franken sofort. Und wenn das nicht reicht, nochmals soviel in einem Vierteljahr!"

„Gut, 50'000 für eine Entziehungskur. Und keinen Cent mehr! Ich tue dies aber nur als Ärztin, und nicht als Eingeständnis irgendeiner Schuld! Wo haben Sie bis jetzt gelebt?“

„Gelebt? Vegetiert! Und zwar in Amsterdam. Wie Sie vielleicht wissen, kommt man dort immer noch etwas schneller an den Stoff! Und Entziehungskur können Sie vergessen! Dazu ist es bei mir zu spät. Ich möchte einfach in einem gewissen Paradies einschlafen und dann aus und fertig!“

Antonius zeigte Eveline die Armbeugen und die Füsse und Beine, die von Einstichen übersät waren, geschwollen, bedenklich entzündet und eitrig. Es war auch für eine Ärztin ein scheusslicher Anblick, und sie musste sich sagen, dass der arme Kerl wohl nicht mehr lange zu leben hatte.

„Ich habe nicht viel Bargeld hier! Zweitausend Franken kann ich Ihnen in die Hand geben. Alles andere sehen wir später. Für einen Spitalaufenthalt ist es aber nie zu spät, und für eine Entziehungskur auch nicht, sonst gehen sie in kurzer Zeit kaputt!“

„Predigt zu Ende? Ich warte auf das Geld, das Sie mir jetzt gleich geben können!“, meinte Antonius bereits etwas zittrig und schon wieder schweissgebadet. Vermutlich war es für ihn höchste Zeit für den nächsten Schuss!

„Wo wohnen Sie denn?“

„In einem Vielsternehotel! Am See, dort sieht man mehr Sterne als in einem Haus, ausgenommen bei Regen!“

„Ich gebe Ihnen, wenn Sie wollen, noch eine Decke mit! Es wird jetzt schon empfindlich kühl in der Nacht!“

„Oder kann ich hier schlafen?“

„Leider nein, denn ich erwarte noch Gäste!“

„Sie lügen aber für eine Mörderin ziemlich schlecht!“, konstatierte der Süchtige.

31

Endlich konnte Eveline den ihr widerwärtigen Besucher aus ihrer Wohnung bugsieren und schnaufte wie erlöst auf, als dieser die Eingangstüre verlassen und sich diese mit einem wunderbar klingenden Klick geschlossen hatte. Zweitausend Franken waren für sie eine Kleinigkeit, sie wusste aber, dass dies nur der Anfang einer endlosen Geschichte werden würde, wenn Antonius nicht zuvor kollabierte.

„Wie der aber aussieht, vor allem auch mit den Augen einer Medizinerin gesehen, lebt er kaum noch zwei Monate! Ist das für mich ein Trost, oder sollte ich mich über solche Gedanken schämen? Reinhard, wenn du irgendwo in einem neuen Leben existierst, und ich empfinde dies so, so hilf mir aus dieser grausamen Misere! Du warst doch mal in deiner Jugend sehr religiös, und vor längerer Zeit versprachst du mir, dass wir darüber mal sprechen werden. Und wir haben es nicht getan!“

Wann endlich habe ich Ruhe von dem Teil Vergangenheit, der wirklich dunkel, ja scheusslich ist? Du sagtest ja oft: ‚Upstairs – Downstairs'! Jetzt bin ich down! Das Rad dreht sich. Heute noch im Dreck, so ist man morgen wieder oben. Aber wenn der ganze Wagen im Dreck steckt und sich das Rad folglich nicht mehr dreht? Hilf mir doch!“ Mit diesen Gedanken fand sie endlich einen erlösenden Schlaf.

Hatte Reinhard ihr wirklich geholfen! Am nächsten Tag las sie in ihrer Zeitung, dass wieder einmal ein Drogentoter gefunden wurde, und zwar auf einer Toilette in einem zwielichtigen Lokal; ohne Ausweis, ohne Geld. Aber auf Grund eines computergesteuerten Programms sei in kurzer Zeit festgestellt worden, dass es sich um den ehemaligen Süchtigen A. M., der vor Jahren aus einer Entzugstherapie ausgerissen war, handelte. Ein Verbrechen sei auszuschliessen, denn der arme Kerl sei vermutlich an einer Überdosis Heroin gestorben. Allerdings sei beim Opfer ein Diebstahl des Geldes und der Papiere möglich. Entsprechende Untersuchungen würden laufen!

„Hoffentlich verlaufen sich die laufenden Untersuchungen im Sand, sonst komme ich nochmals in Teufels Küche!“, sorgte sich Eveline. „Mit den heutigen Möglichkeiten der Kriminaltechnik ist es wie in der modernen Medizin: Unmögliches wird möglich gemacht.
Aber ob das Etat bei der Polizei für solche Experimente reicht? Hoffentlich nicht!“

Am nächsten Tag besuchte sie das Grab ihres Mannes und wollte dort eine stumme Zwiesprache mit ihm halten. Es gelang ihr nicht. „Wo bist denn du nur, mein guter Eduard? Aber du selbst hast mir ja erklärt, dass bei einem Leichnam Seele und Geist weg sind. Also kann ich hier auch nicht auf eine Kommunikation hoffen. Dies ist ja lediglich gemäss deiner Weltanschauung die letzte Ruhestätte für den Leib. Soll ich mal in die Kirche gehen, in der du als Jüngling ein- und ausgingst?"

Epilog

Eine, zwei, mehrere Wochen zogen ins Land, ohne dass man Weiteres hörte zum tragischen Ende eines Drogenabhängigen in Zürich. Dieser wurde inzwischen längst auf dem Friedhof in einem Gemeinschaftsgrab beigesetzt, ohne Pfarrer, ohne Angehörige, ohne ein Gebet. Zutiefst traurig, aber mehr und mehr Realität in einer bald postchristlichen Gesellschaft, ja in einer Welt überhaupt ohne Glauben.

Also wurden wohl auch die Ermittlungen eingestellt. Es waren ja auch keine Verwandten und Angehörige mehr da, oder sie meldeten sich nicht. Auch Eveline hütete sich, allzu offensichtlich Fragen zu stellen. Sie wollte nicht mehr in den Strudel der Vergangenheit hineingezogen werden.

„Ich will versuchen, in meinen letzten Lebensjahren noch etwas ‚Upstairs' zu kommen, um dann, wenn es das gibt, in einem anderen Leben meinen Reinhard wiederzutreffen!", gelobte sie sich. Wir wünschen ihr, dass dies gelingt!

Ob sie wirklich in jene Kirche ging? Das weiss nur sie. Und da wir keine genaue Anschrift von ihr haben, können und wollen wir sie auch nicht fragen. Das muss jeder Mensch mit sich selbst abmachen.

Wir wünschen darum auch jedem Menschen eine gute Wahl!

Weitere Bücher von F.U. Ricardo bei Books on Demand

Brot und Salz – Die Kerze
ISBN 978-3-8423-8366-1, Paperback, 300 Seiten

Der Raub des Luzerner Mädchens
ISBN 978-3-8370-3802-6, Paperback, 164 Seiten

Die mystische Zahl Sieben
ISBN 978-3-8391-8774-6, Paperback, 200 Seiten

Drei Welten – drei Leben
ISBN 978-3-8370-9983-6, Paperback, 220 Seiten

Eifersucht / Dramen am Weissfluhjoch und am Tafelberg
ISBN: 978-3-8423-8128-5, Paperback, 371 Seiten

Einsame Spitze – an der Spitze einsam
ISBN 978-3-8423-3777-0, Paperback, 172 Seiten

Geld stinkt nicht – Brot und Spiele
ISBN 978-3-8448-1651-8, Paperback, 312 Seiten

Grosser kleiner Mann? – Kleiner grosser Mann
ISBN 978-3-8391-5212-6, Paperback, 180 Seiten

Leuchttürme
ISBN 978-3-8391-1170-3, Paperback, 124 Seiten

Mit Scherz und Schmerz zum Herz
ISBN 978-3-8391-5285-0, Paperback, 168 Seiten

Nichts Neues! Wirklich?
ISBN 978-3-8391-1067-6, Paperback, 124 Seiten

Paradies und Hölle in Ascona / Schmelztiegel
ISBN 978-3-8423-7873-5, Paperback, 344 Seiten

Perlen im Wüstensand
ISBN 978-3-8482-0380-2, Paperback, 204 Seiten

Reicht ein Quadratmeter?
ISBN 978-3-8391-4807-5, Paperback, 136 Seiten

Reise nach (N)irgendwo – Immer zu klein
ISBN 978-3-8448-1251-0, Paperback, 272 Seiten

Sehnsucht Puszta
ISBN 978-3-8391-4148-9, Paperback, 140 Seiten

Späte Ehre
ISBN 978-3-8423-6031-0, Paperback, 168 Seiten

Tödliches Missgeschick im Frisiersalon?
Mord beim Italiener!
ISBN: 978-3-8482-0983-5, Paperback, 240 Seiten

Unendlicher, unergründlicher Nil
ISBN 978-3-8423-8109-4, Paperback, 180 Seiten

Wolken über der Toskana
ISBN 978-3-8391-4431-2, Paperback, 140 Seiten